UNA NOCHE CON EL JEQUE

Penny Jordan

HARLEQUIN®

Editado por HARLEQUIN IBÉRICA, S.A.
Hermosilla, 21
28001 Madrid

I.S.B.N.: 84-671-1052-X
Depósito legal: B-42826-2003
Editor responsable: M. T. Villar
Diseño cubierta: María J. Velasco Juez
Composición: M.T., S.L.
Avda. Filipinas, 48. 28003 Madrid
Fotomecánica: PREIMPRESIÓN 2000
c/. Matilde Hernández, 34. 28019 Madrid
Impresión y encuadernación: LITOGRAFÍA ROSÉS, S.A.
c/. Energía, 11. 08850 Gavá (Barcelona)
Fecha impresion para Argentina: 13.9.04
Distribuidor exclusivo para España: LOGISTA
Distribuidor para México: CODIPLYRSA
Distribuidores para Argentina: interior, BERTRAN, S.A.C. Vélez
Sársfield, 1950. Cap. Fed./ Buenos Aires y Gran Buenos Aires,
VACCARO SÁNCHEZ y Cía, S.A.
Distribuidor para Chile: DISTRIBUIDORA ALFA, S.A.

Prólogo

NO te vas a olvidar de mamá mientras está trabajando, ¿verdad, preciosa?

Mariella observó a Tanya, su hermanastra, mientras le daba con lágrimas en los ojos a su hija de cuatro años.

—Sé que no hay nadie mejor para cuidar a Fleur que tú, Ella. Al fin y al cabo, te convertiste en mi madre cuando papá y mamá murieron –dijo Tanya con tristeza–. Ojalá tuviera un trabajo que no me obligara a estar tanto tiempo fuera, pero estas seis semanas en el crucero suponen mucho dinero y no he podido decir que no. Sí, ya sé que estás dispuestas a mantenernos a las dos, pero no quiero que lo hagas –añadió antes de que a Mariella le diera tiempo de decir nada–. ¡Además, el que tendría que pagar los gastos de Fleur es su padre y no tú! ¿Qué vería yo en ese canalla? Mi maravillosa fantasía de un jeque árabe se convirtió en una terrible pesadilla…

Mariella dejó que su hermanastra aireara sus sentimientos sin comentar nada porque sabía lo destrozada y dolida que se sentía Tanya desde que su pareja la había abandonado.

–No hace falta que trabajes, Tanya –le dijo con cariño–. Yo gano suficiente dinero para las tres y la casa es muy grande.

–Oh, Mariella, ya lo sé. Sé que te quitarías la comida de la boca para darnos de comer a la niña y a mí, pero esa no es la cuestión. Ya has hecho suficiente por mí. Llevas ocupándote de mí desde que murieron papá y mamá. Tú solo tenías dieciocho años, tres años menos de los que tengo yo ahora. Pobre papá, quiso dárnoslo todo en vida y no se dio cuenta de que, si alguna vez le pasaba algo, como ocurrió, nos íbamos a quedar en una situación apurada.

Las hermanas se miraron en silencio.

Ambas habían heredado la delicada estructura ósea de su madre y su óvalo de cara, además de su pelo rubio rojizo.

Lo que las diferenciaba era que Tanya era alta y de ojos castaños, como su padre, y Mariella tenía los ojos azul turquesa, como el hombre que la había abandonado al año de nacer porque las responsabilidades del matrimonio y la paternidad eran demasiado para él.

–No es justo –había protestado Tanya en tono de broma al anunciarle a Mariella que no iba a ir a la universidad, sino que se iba a dedicar a cantar y a bailar–. Si yo tuviera tus ojos, me aprovecharía de ellos para conseguir los papeles que quisiera.

Mariella admiraba a su hermanastra por lo que iba a hacer, aunque se preguntaba cómo iba a llevar estar separada de su hija durante seis semanas.

Aunque fueran diferentes en muchas cosas, en

lo que sí se parecían era en el profundo amor que sentían por la pequeña Fleur.

—Llamaré todos los días —prometió Tanya—. Quiero saber todo lo que haga, Ella. Todo, hasta el detalle más insignificante. Oh, Ella... me siento tan culpable... Sé lo que tú sufriste de pequeña porque tu padre no estaba, porque te había abandonado... También sé la suerte que yo tuve de tener a papá y a mamá y, por supuesto a ti. Y ahora mi pobre Fleur...

—Ya ha llegado el taxi —dijo Mariella abrazando a su hermana y secándole las lágrimas.

—¡Ella! Te he conseguido el mejor trabajo que te puedas imaginar.

Al reconocer la voz de su agente, Mariella se cambió a Fleur de brazo.

—Caballos de carreras —añadió mientras la niña le sonreía al biberón—. El dueño tiene muchos y hasta un hipódromo en su país. Es un miembro de la familia real de Zuran y parece ser que ha oído hablar de ti por el trabajo aquel de Kentucky. Quiere que vayas para allá, con todos los gastos pagados por supuesto, para hablar del proyecto. ¿Qué es ese ruido, Ella?

—Es Fleur, que se está tomando el biberón —contestó Mariella riendo—. Suena muy bien, pero estoy hasta arriba de trabajo y la verdad no me parece buena idea. Para empezar, porque tengo que cuidar a la hija de mi hermana durante un mes y medio.

–Ningún problema. Seguro que al príncipe Sayid no le importará que te la lleves. Febrero es el mes perfecto para ir allí porque es cuando mejor tiempo hace. Ella, no puedes decir que no. Confieso que la comisión que yo me llevaría es para que se me haga la boca agua –admitió Kate.

–Ah, así que es por eso, ¿eh? –rio Ella.

Había empezado a pintar retratos de animales casi por casualidad. Pintaba por afición y hacía retratos de las mascotas de sus amigos, pero, poco a poco, se había dado a conocer y, entonces, había decidido ganarse así la vida.

Y lo había conseguido. De hecho, ganaba mucho dinero y vivía muy bien.

–Me encantaría ir, Kate –contestó sinceramente–, pero ahora mismo mi prioridad es Fleur…

–No me des un no rotundo –suplicó Kate–. Ya te he dicho que la niña podría ir contigo. No es un viaje de trabajo, es solo para que os conozcáis. Solo sería una semana… Y no me vengas con que la niña podría ponerse enferma. ¡Zuran es conocido por tener a los mejores médicos del mundo!

Tras terminar de hablar con Kate, Ella miró por el ventanal de su casa y observó el maravilloso paisaje.

Llevaba lloviendo toda la semana, pero había parado un poco, así que decidió salir a dar un paseo con Fleur.

Tumbó a su sobrina en el cochecito clásico que le había comprado cuando había nacido.

–¡Cualquiera diría que tienes veintiocho años! –se había burlado Tanya al ver el cochecito.

Sí, era cierto que era muy conservadora en sus gustos. Tal vez, por influencia de haberse visto abandonada por su padre y sobreprotegida por su madre, que había quedado destrozada.

Aquello la había hecho una mujer muy fuerte e independiente que no estaba dispuesta a enamorarse locamente jamás. En eso, no quería parecerse a su madre.

¡Tal y como había quedado patente con Tanya, la historia podía repetirse!

Al tapar a Fleur con las sabanitas, rozó un papel. Lo sacó del cochecito y vio que se trataba de una carta.

Leyó la dirección.

Jeque Xavier Al Agir
24 Quaffire Beach Road
Zuran City

Con cierto sentimiento de culpabilidad, leyó la primera línea.

Nos has destrozado la vida a mí y a Fleur y te odiaré siempre por ello.

Obviamente, era una carta que Tanya había escrito al padre de su hija y que no había enviado.

Su hermanastra no hablaba mucho de él. De hecho, lo único que sabía Ella era que se trataba de un hombre muy rico de origen árabe.

¡Y ahora descubría que vivía en Zuran! Frunció el ceño y se quedó pensativa. Sabía que no tenía ningún derecho a entrometerse, pero…

¿Se estaría entrometiendo o solo arreglando las cosas? ¿Cuántas veces a lo largo de su vida había querido tener la oportunidad de ver a su padre biológico para echarle en cara cómo se había portado con ella?

Ahora, había muerto y ya no podía hacerlo, pero sí le podía pedir cuentas al padre de la hija de Tanya. ¡Qué gran satisfacción poder decirle a la cara la opinión que le merecía!

Le dio un beso a Fleur y se apresuró a llamar a su agente.

Capítulo 1

MIENTRAS Mariella recogía su equipaje y buscaban la salida, decidió que Zuran tenía el aeropuerto más limpio del mundo.

Además, Kate tenía razón. Desde luego, el príncipe Sayid no había reparado en gastos. Habían viajado en primera y a la pequeña Fleur la habían tratado como si fuera una princesa.

Habían quedado en que las irían a recoger para llevarlas al Beach Club Resort, donde se iban a alojar en un lujoso bungalow. Gracias también al príncipe, Fleur ya tenía su pasaporte.

Mariella miró a su alrededor buscando a alguien con un cartel que llevara su nombre. De repente, notó un silencio sepulcral a su espalda y se giró.

Un séquito de hombres se acababa de abrir en dos filas y por el centro avanzaba un hombre muy alto hacia ella.

Mariella observó que tenía perfil patricio y arrogante. Solo podía tratarse de un hombre acostumbrado a mandar.

Instintivamente, no le cayó bien. Aun así,

tuvo que reconocerse a sí misma que era el epíto-
me de la masculinidad y que su presencia le había hecho tener ideas eróticas muy a su pesar.

Fleur eligió aquel momento para emitir un
agudo grito que hizo que el hombre se girara hacia ellas. Al hacerlo, sus ojos se encontraron y
Mariella sintió un escalofrío por la espalda.

La miró intensamente, como si la estuviera
desnudando. No le estaba quitando con los ojos
la ropa, sino la piel, y Mariella sintió una inmensa furia.

El desconocido se quedó mirándola a los ojos
con desprecio y ella le devolvió la misma mirada.

Fleur volvió a gritar y el hombre se fijó en
ella. Se quedó mirándola y volvió a mirar a Mariella todavía con más desprecio.

¿Pero quién se creía aquel tipo para mirarla
así? ¿Habría mirado su padre a su madre así antes de abandonarla?

Tan rápidamente como había llegado, el grupo
de hombres desapareció y Mariella encontró al
chófer, que la estaba esperando y que la llevó al
bungalow en una limusina con un estupendo aire
acondicionado.

Tal y como pudo comprobar Mariella, el Beach
Club Resort era un hotel de cinco estrellas maravilloso.

Después de deshacer el equipaje, había pasea-
do por sus instalaciones durante un par de horas
y había quedado realmente satisfecha.

Su bungalow tenía dos habitaciones, baño, cocina, salón y patio privado. En el baño, había todo lo necesario no solo para ella sino para la niña y, además, le habían dejado una nota del chef del hotel ofreciéndose a preparar comida ecológica para Fleur.

Una maravilla.

Llamó a Tanya y estuvieron hablando un rato, pero su hermana tuvo que dejarla de repente, pues empezaba su espectáculo.

Mariella se sintió culpable porque no le había dicho lo que pensaba decirle al padre de su hija. Tanya se había acostado con él porque creía que la quería y que tenían un futuro juntos por delante y había sido muy injusto cómo se lo había pagado él.

A la mañana siguiente, después de desayunar estupendamente, llegó un fax en el que el príncipe se disculpaba porque le había surgido un repentino viaje y tenía que ausentarse y en el que le pedía que lo esperara unos días disfrutando del hotel.

Mientras le ponía crema a Fleur, Mariella decidió que aquellos días le irían muy bien para encontrar al padre de la pequeña. ¡Al fin y al cabo, tenía su dirección! Solo tenía que pedir un taxi y presentarse allí.

Kate tenía razón. El tiempo en Zuran en febrero era perfecto. Ataviada con un pantalón de lino blanco y una camisa del mismo color, salió a la calle.

–Tardaremos tres cuartos de hora –sonrió el taxista cuando le mostró la dirección a la que quería ir–. ¿Tiene usted negocios con el jeque?

–Más o menos –contestó Mariella.

–Es un hombre muy conocido y respetado por su tribu. Lo admiran por cómo ha defendido su derecho a vivir con arreglo a sus tradiciones. Aunque es un empresario de mucho éxito, prefiere seguir viviendo en el desierto de manera sencilla, como siempre ha hecho su pueblo. Es un buen hombre.

Mariella pensó que la imagen que le estaba pintando el taxista no tenía nada que ver con la que ella tenía del padre de Fleur.

Tanya lo había conocido en una discoteca. A Mariella nunca le había hecho gracia que bailara allí, pues la mayoría de los clientes eran hombres que veían a las bailarinas como objetos sexuales.

En el año que habían estado juntos, Tanya nunca le había comentado que al jeque le gustara descansar en el desierto. De hecho, la impresión que a ella le había dado era que era un playboy.

Al cabo de cuarenta minutos, llegaron a una imponente mansión blanca. Había unas verjas enormes que no les permitían entrar, pero un guarda salió a recibirlos y Mariella le dijo que quería ver al jeque.

–Lo siento, está en el oasis –le informó el guarda.

Mariella no había contado con aquella posibilidad...

–¿Quiere dejarle un mensaje?

¡Mariella contestó que no porque el mensaje que tenía para el jeque quería dárselo cara a cara!

Dio las gracias al guarda y le indicó al taxista que la volviera a llevar al hotel.

—Si quiere, le puedo buscar a alguien que la lleve al oasis —contestó el hombre.

—¿Sabe llegar?

—Claro, pero va a necesitar un todoterreno.

—¿Podría ir conduciendo yo?

—Sí, por supuesto. Es un trayecto de unas dos o tres horas. ¿Quiere que le indique cómo llegar?

—Sí, por favor —contestó Mariella encantada.

Mariella comprobó metódicamente lo que había separado para llevarse al oasis.

El personal del hotel le había asegurado que adentrarse en el desierto era seguro y le había proporcionado una silla para Fleur, además de comida por si no quería parar por el camino.

Como todo en el Beach Club, el todoterreno que le proporcionaron estaba inmaculado e incluso tenía teléfono móvil.

La carretera que llevaba al desierto estaba perfectamente indicada y resultó ser una ruta bien asfaltada, así que Mariella se sintió pronto segura y confiada.

El oasis en el que vivía el jeque estaba en la cordillera Agir y allí estaba llegando cuando se dio cuenta de que la ligera brisa que hacía cuando había salido del hotel se había convertido en viento.

Había abandonado ya la carretera principal y había tomado un camino más estrecho. La arena del desierto era tan fina que, a pesar de llevar todo bien cerrado, se le colaba en el interior del vehículo.

Se alegró de llegar al poblado de beduinos marcado en el mapa y decidió que pararía a comer al cabo de media hora en el local que le habían indicado en el hotel. A las dos, empezó a preguntarse por qué estaba tardando tanto en llegar. Se suponía que tenía que haber llegado a la una, pero no había encontrado rastro del lugar.

Al subir una inmensa duna y ver que al otro lado no había más que más arena, sintió pánico.

Decidió llamar por teléfono, pero cuál no sería su sorpresa al comprobar que ni el móvil del coche ni el suyo funcionaban.

El cielo se había oscurecido por efecto de la arena y el viento golpeaba con fuerza el coche. Para colmo, Fleur empezó a llorar. Debía de tener hambre y había que cambiarla.

Mientras se preguntaba qué había hecho mal, le dio el biberón y se dio cuenta de que ella no tenía hambre en absoluto.

Era imposible que se hubiera perdido porque el coche tenía brújula y había seguido a pies juntillas las direcciones que le habían dado.

Justo cuando estaba empezando a ponerse nerviosa de verdad, vio una caravana de camellos. El conductor le explicó que se había pasado el desvío del oasis porque, con el viento, no lo había visto.

Para su sorpresa, le informó de que habían dado orden a los turistas de que abandonaran el desierto y volvieran a la ciudad porque se esperaba que las condiciones climatológicas empeoraran.

Como estaba tan cerca, sin embargo, le indicó que lo mejor que podía hacer era correr a refugiarse en el oasis. Le dijo cómo tenía que llegar y la dejó a su suerte.

Mariella condujo entre las dunas durante horas hasta que consiguió vislumbrar su destino en el horizonte.

El oasis estaba ubicado en un lugar escarpado en el que se le hacía imposible imaginar al padre de Fleur. ¿Sería su residencia de allí tan palaciega como la de Zuran?

Al llegar, se dio cuenta de que era un lugar solitario. Tan solitario que… ¡No había una casa por ninguna parte!

Solo había una jaima. ¿Se habría vuelto a perder?

Fleur estaba llorando de nuevo, así que decidió parar. Había otro vehículo y paró junto a él. Mientras paraba el motor, vio que salía un hombre de la jaima.

Avanzó hacia ella; debido al viento, su túnica se ciñó a su cuerpo, fuerte y musculoso. Mariella no pudo evitar desearlo.

Al reconocerlo, sin embargo, sintió náuseas.

¡Era el hombre del aeropuerto!

Capítulo 2

EN un abrir y cerrar de ojos, le había abierto la puerta del todoterreno.

—¿Quién diablos es usted? —le espetó mirándola con el mismo desprecio que en el aeropuerto.

—Busco al jeque Xavier Al Agir —contestó Mariella mirándolo exactamente igual.

—¿Cómo? ¿Para qué lo busca?

Aquel hombre era rudo hasta rayar en la mala educación. Claro que, después de lo que había visto ya de él, no era de extrañar.

—¡Eso no es asunto suyo! —contestó Mariella con enfado.

Fleur cada vez lloraba con más fuerza.

—¿Cómo se le ocurre traer a un bebé aquí? —apuntó el hombre mirando a la niña con incredulidad.

Se lo había dicho en un tono tan disgustado y furioso, que Mariella sintió que iba a explotar de un momento a otro.

—¿No ha oído la previsión del tiempo o qué? Han dicho bien claro que quedaba prohibido a los turistas venir a esta zona por el peligro de tormentas de arena.

Mariella recordó que había apagado la radio para poner las cintas de música preferidas de Fleur y cantar con ella.

—Perdón si llego en un mal momento —contestó con sarcasmo—. ¿Le importaría decirme cómo puedo llegar al oasis Istafan?

—Esta usted en el oasis Istafan —contestó el hombre con frialdad.

«¿Ah, sí? ¿Dónde?», se preguntó Mariella.

—Quiero ver al jeque Xavier Al Agir —insistió recobrando la compostura—. ¿Está aquí?

—¿Para qué quiere verlo?

—No es asunto suyo —le repitió enfadada.

¿Cómo iba a salir de aquel desierto e iba a volver a la comodidad del bungalow? ¿Y qué hacía un jeque tan rico en un lugar tan horrible con aquel hombre tan… tan arrogante?

—Me temo que todo lo que tenga que ver con Xavier es asunto mío —contestó el hombre entre dientes.

Mariella se dio cuenta de que tenía ante sí al mismísimo jeque. Lo miró bien y tragó saliva.

—Usted… usted… no puede ser el jeque —acertó a decir.

¿Aquel hombre había sido la pareja de su hermana y era, por tanto, el padre de Fleur?

—Es usted, ¿verdad? —sentenció.

La única respuesta que obtuvo fue una irónica inclinación de cabeza, pero fue suficiente.

Mariella se giró y tomó a la niña en brazos.

—Esta es Fleur, la hija que se ha negado a reconocer y mantener —le espetó.

Al instante, se dio cuenta de que lo había sorprendido, aunque hubiera conseguido controlar bien su reacción.

Durante un segundo, creyó que le iba a decir que se fuera. ¡Qué más quisiera ella! Aquella situación y aquel hombre no era lo que ella había esperado encontrar. No se sentía segura de sí misma y aquello la incomodaba pues estaba acostumbrada a tenerlo todo bajo control.

Por mucho que lo intentaba, no podía imaginarse a aquel hombre en la discoteca en la que bailaba Tanya.

Lo cierto era que el lugar era precioso. ¡Ojalá se hubiera llevado sus pinturas! No debía perder de vista para qué había ido. ¡Estaba ante el padre de Fleur!

Inmediatamente, sintió terror. No podía dejar que aquel hombre le gustara, no podía hacer como su madre y dejar que un hombre la volviera vulnerable emocionalmente.

–¡Salga!

¡Con gusto! Mariella puso el coche en marcha, metió marcha atrás y aceleró furiosa. Kilos y kilos de arena salieron volando y envolvieron el coche, que no se movió. Obviamente, se había quedado atrapado.

Si quería que se fuera, el jeque iba a tener que ayudarla.

Hablando del jeque, estaba mirándola furioso.

–¿Se puede saber qué demonios hace? –le preguntó, abriéndole la puerta en cuanto Mariella hubo apagado el motor.

–¿No me ha dicho que me fuera? –le recordó Mariella igual de enfadada.

–Le he dicho que salga, pero me refería a que saliera del coche, no... –se interrumpió para maldecir.

Acto seguido, le desabrochó el cinturón y la tomó en brazos con fuerza para sacarla del todoterreno. La había agarrado con tanta fuerza, que le estaba haciendo daño en la cintura.

–Suélteme, no me toque –dijo Mariella en cuanto la dejó en el suelo.

–¿Que no la toque? Por lo que me han dicho, no suele usted pronunciar esas palabras muy a menudo.

Instintivamente, Mariella levantó la mano para vengarse de sus palabras con un acto femenino tan antiguo como la tierra que la rodeaba, pero él se la agarró al vuelo.

–¡Quieta, leona! –le dijo–. ¡Le aseguro que, si me pone la mano encima, se arrepentirá! Va a tener que quedarse a pasar aquí la noche porque, si intentara volver a la ciudad, se la tragaría la arena. En su caso, no se perdería nada, pero la niña...

¿La niña? ¿Fleur?

Mariella sintió pánico. ¿Se tenía que quedar en mitad de la nada con aquel desaprensivo? Sí, no tenía más remedio. Era de sentido común.

Como si supiera que estaban hablando de ella, Fleur se puso a llorar de nuevo. Mariella se apresuró a girarse para sacarla del coche, pero Xavier se le adelantó y la tomó en brazos.

Qué pequeñita era en sus brazos. Mariella aguantó la respiración viendo aquella escena. Xavier era un hombre enorme y… el padre de Fleur. ¿Sentiría algo por ella? Remordimiento, culpa, algo sentiría, ¿no?

–Tiene su pelo –apuntó mirándola–. El viento está arreciando –añadió secamente–. Vamos dentro. ¿Dónde va? –le preguntó al ver que se giraba de nuevo hacia el coche.

–A sacar las cosas de la niña –contestó Mariella.

–Déjelas ahí. Ya salgo yo ahora por ellas.

Mariella no se podía creer al fuerza que había tomado el viento en pocos minutos. Los granos de arena la golpeaban por todas partes; parecían alfileres.

Consiguió llegar a la jaima a duras penas. Una vez dentro, se dio cuenta de que era mucho más grande de lo que parecía. En el centro, había preciosas alfombras y divanes bajos, además de mesas de madera ricamente labradas sobre las que descansaban velas de todos los tamaños.

Mariella se percató también de que había dos tiras de tela dorada colgadas del techo que parecían indicar el camino a otras estancias.

–Hay que dar de comer a Fleur y hay que cambiarla –anunció cortante–. Me gustaría llamar al Beach Club para decirles lo que ha pasado.

–¿Quiere llamar por teléfono con esta tormenta? –se rio Xavier–. ¡No funcionan las líneas fijas como para que funcionen las inalámbricas! En cuanto a la niña…

–¡Deje de llamarla así! No quiere llamarla por su nombre, ¿eh? Se desentiende, ¿verdad? Pues le voy a decir una cosa…

–No, soy yo el que le va a decir una cosa –la interrumpió el jeque–. Por lo que yo sé, esta niña podría ser hija de cualquiera. Siento mucho que tenga una madre con tan poca moral como para entregarse a todos los hombres que ve. ¡Quiero que le quede claro que no pienso dejarme chantajear por una relación de tan poco valor y que, desde luego, no pienso mantener a una niña que no sé si fue el resultado de aquello!

A Mariella no le dio tiempo a defender a su hermana porque la aludida niña se puso a llorar como una histérica.

–Ya, ya, mi vida. Tienes hambre, ¿verdad? –la consoló acariciándola con amor e ignorando a Xavier.

Aunque no era su hija, había asistido a su parto y la experiencia había sido tan fuerte, que se había creado entre ellas un vínculo de por vida y se había despertado en Mariella un instinto maternal que jamás había creído tener.

–No sé qué suele comer, pero hay fruta y leche en el frigorífico y una batidora –apuntó el jeque.

Mariella lo miró con los ojos muy abiertos.

–¿Tienen electricidad aquí?

–Tengo un pequeño generador, suficiente para mis necesidades. Al fin y al cabo, cuando vengo aquí lo hago para trabajar tranquilo –le explicó encogiéndose de hombros–. Hay agua caliente suficiente para que bañe a la niña, pero me temo que usted va a tener que compartir su agua caliente conmigo –añadió malévolo.

Mariella se dio cuenta de que estaba disfrutando de lo lindo atormentándola.

–Como solo me voy a quedar una noche, creo que voy a prescindir de semejante placer –le contestó con ironía.

–Voy al coche por las cosas del bebé –anunció el jeque–. La cocina está saliendo por ahí y a la derecha –le indicó.

Mariella había llevado comida para Fleur, pero se dijo que no perdía nada por ir a echar un vistazo a la cocina.

La encontró pronto. Era un estancia pequeña, pero muy bien equipada. Al lado, había un baño con ducha.

–¿Qué es todo esto? –oyó quejarse a Xavier mientras entraba con toda la parafernalia del bebé.

En otras circunstancias, la situación le habría hecho gracia, pero, teniendo en cuenta el hambre que tenía Fleur, Mariella solo pensaba en darle la cena cuanto antes.

–Hum, qué rico, mira cariño, plátano –le dijo con afecto–. Tu fruta preferida.

–No me sorprende que su madre no le dé de mamar, que todo el mundo sabe que es lo mejor para los pequeños –comentó Xavier.

–¡No le da el pecho porque tuvo que volver a trabajar a los pocos días de que naciera! –le espetó Mariella.

–¿A eso lo llama trabajo? Claro, sí, para usted lo será. Lo dice con la misma seguridad con la que parece saber quién es el padre de la criatura.

–¡Es usted asqueroso! –explotó Mariella–. Fleur no se merece esto. Es solo un bebé…

–¡Menos mal que estamos de acuerdo en algo! Qué pena que no se parara a pensar en ello antes de venir hasta aquí para echarme en cara cosas que no son verdad.

¿Cómo podía aquel hombre ser tan frío? Según lo poco que le había contado Tanya, era un hombre considerado y apasionado.

«Debe de ser en la cama», pensó Mariella.

¡Al instante, se sonrojó pues sus pensamientos habían tomado derroteros eróticos y se estaba imaginando al jeque en la cama, pero no con su hermana sino con ella!

¿Qué le estaba ocurriendo? Era una mujer fría que solía analizar, racionalizar y resistirse a todo lo que pudiera hacerle daño y sin embargo…

–¿Cuánto va a durar la tormenta? –preguntó con sequedad.

–Un día… dos… tres… –contestó el jeque con las cejas enarcadas.

–¿Tres días? –dijo Mariella horrorizada.

Aparte de que Tanya se iba a preocupar seriamente al no poder dar con ella, ¿qué iba a pensar el príncipe cuando volviera y viera que no estaba?

–Tengo que ocuparme de Fleur –insistió felicitándose por haberse llevado la bañera, el cambiador y hasta el cochecito de la pequeña.

–Como es obvio que van a tener que pasar la noche aquí, será mejor que se instalen en mi… en el dormitorio –se corrigió Xavier dejándola con la boca abierta.

–¿Y usted dónde va a dormir?

–En el salón, por supuesto. Le sugiero que, cuando haya terminado de darle la cena y de bañarla, cenemos nosotros y…

–Gracias, pero soy perfectamente capaz de decidir cuándo quiero cenar –le espetó Mariella.

Cuando Mariella y la niña se hubieron ido al baño, Xavier pensó que era mucho más independiente de lo que había imaginado. Y, desde luego, no era el tipo de mujer que le solía gustar a su primo pequeño.

Al pensar en Khalid, apretó los dientes y recordó cómo había llamado para anunciar que se había enamorado y se quería casar con una chica a la que había conocido en una discoteca.

Khalid se había enamorado en otras ocasiones, pero aquella era la primera en la que había hablado de matrimonio. Obviamente, aunque tenía veinticuatro años ya, seguía siendo muy inmaduro.

Xavier tenía muy claro que, cuando se casara, lo haría con una mujer de carácter fuerte que lo mantuviera anclado al suelo y lo suficientemente rica como para no creer que se casaba con él por dinero.

Su abuela francesa le había advertido siendo muy joven que, tras haber heredado una inmensa fortuna de su padre, se había convertido en un buen blanco para mujeres avariciosas.

De adolescente, lo había llevado a Francia para que conociera a jóvenes de su edad, hijas y nietas de personas que ella conocía y que consideraba aptas para ocupar el trono al que ella tendría que renunciar cuando Xavier se casara.

Aunque la mayoría eran guapas y divertidas, no le había gustado ninguna y, además, Xavier no era partidario de los matrimonios de conveniencia.

Precisamente por eso había decidido que sería el hijo de Khalid quien heredara su fortuna y el trono de su tribu.

¡No había tenido prisa en que su primo se casara con la mujer correcta hasta que aquella occidental se había presentado en su jaima en mitad de una tormenta de arena!

No sabía con quién estaba más enfadado, si con Khalid por irse sin decir dónde ni dar detalles o con aquella mujer que había osado escribirle una carta de chantaje y presentarse allí con la intención de hacerle creer que el bebé era hijo de su primo.

Físicamente, no se parecía en nada a Khalid. La niña era tan rubia y guapa como su madre. La única diferencia era que la madre llevaba unas obvias lentillas azul turquesa y la niña tenía los ojos castaños.

¿Como Khalid?

«No hay ninguna prueba de que sea su hija», se recordó.

No iba a permitir que su primo se casara con la madre de la niña, sobre todo después de haberla conocido, sin saber a ciencia cierta si era el padre.

¿Qué le habría llevado a enamorarse de ella?

«Tiene la gracia de una gacela», le había escrito. «La voz de un ángel… Es la mujer más dulce del mundo…»

«¡De eso nada!», pensó Xavier.

Por lo menos, las dos veces que la había visto, a él no se lo había parecido. Si en el aeropuerto hubiera sabido quién era, la habría deportado inmediatamente.

Mientras recordaba aquel encuentro, se acercó a la puerta de la jaima y observó que, tal y como habían anunciado, la tormenta estaba soplando con fuerza. Era una pena, pues le habría gustado ir a bañarse en el oasis, como hacía todas las noches, y no en la pequeña ducha.

Lo enfurecía que pudiera desear a una mujer así porque representaba todo lo que detestaba en el sexo contrario: avaricia, egoísmo e inmoralidad. Para él, aquellos defectos pesaban mucho más que tener una cara bonita y un buen cuerpo.

¡En ese aspecto, tenía que reconocer que su primo había elegido bien!

Xavier cerró la jaima mientras pensaba lo mucho que le había molestado que Mariella lo hubiera ido a buscar precisamente allí, donde se retiraba para descansar cuando el peso de sus responsabilidades era demasiado.

Sonrió con maldad al pensar en que no debía

dc estar gustándole mucho el sitio. Sin embargo, debía tener cuidado porque había una niña pequeña de por medio.

¡La niña! Desde luego, la pequeña era una complicación con la que no había contado.

Tras haber bañado, cambiado y dado de cenar a Fleur, Mariella se dio cuenta de que estaba muy cansada.

No había esperado que Xavier se mostrara particularmente contento ante sus críticas por cómo había tratado a Tanya y a Fleur, pero, desde luego, no se esperaba que hablara con tanta crueldad y desprecio de su hermana.

¿Cómo se atrevía a juzgar la moral de Tanya cuando se había metido en su cama y le había prometido que la quería y que iban a compartir el futuro?

En su opinión, su hermana y la niña estaban mejor sin él. Exactamente igual que ella había estado muy bien sin el padre que la había abandonado.

Ya había visto cómo era, un ser incapaz de sentir el más mínimo remordimiento, y lo único que quería era irse de allí, alejarse de él, no tener que pasar la noche en una tienda con él…

Mientras la observaba pasearse por el salón con la niña en brazos para que se durmiera, Xavier pensó que, a la pálida luz de las velas, las lentillas de Mariella eran todavía más patéticas.

Seguro que su primo había visto el verdadero color de sus ojos mil veces. Seguramente, al despertarla acariciándola...

¿Qué demonios le pasaba? Aquella mujer no era para tanto. Era menuda, rubia, seguramente teñida, llevaba lentillas y tenía un cuerpo que, sin duda, habrían visto demasiados hombres como para poder gustarle a él.

Sin embargo, le estaría bien empleado a Khalid si se acostara con ella. Así, cuando su primo regresara de aquel repentino viaje, se daría cuenta de cómo era realmente la mujer de la que había creído enamorarse.

La niña, sin embargo, era diferente. Si se demostrara que era de Khalid, se quedaría en Zuran para ser criada y educada como le correspondía a una mujer y para despreciar a la mujer que le había dado a luz.

Capítulo 3

MARIELLA se despertó antes de que Fleur comenzara a llorar de hambre. Se deslizó bajó las suaves sábanas fuera de la cama y observó la ropa que había vestido el día anterior.

Los pantalones podía volver a ponérselos sin problema, pero la camiseta blanca y la ropa interior eran otra cuestión a pesar de que las había lavado antes de irse a dormir.

Tomó a Fleur en brazos y se la llevó a la cama… la cama de Xavier, que era inmensa. ¡Típica de un árabe con un gran harén!

La niña le chupaba el dedo, prueba irrefutable de que tenía hambre. Mariella había visto agua en el frigorífico y tenía papilla. Lo único que tenía que hacer era encontrar qué ponerse para llegar hasta la cocina.

Mientras decidía si una toalla o una sábana, Fleur prorrumpió en sollozos.

–Shh, sí, sí, ya sé que tienes hambre. Espera un poco…

Xavier suspiró al oír el llanto del bebé. Acababan de dar las dos de la madrugada. El diván no era el lugar más cómodo para dormir y fuera el viento rugía como una hiena.

Apartó la manta, se puso la bata y las babuchas y fue hacia la cocina. Una vez allí, tomó uno de los biberones que Mariella había llevado y se puso a preparar la papilla.

Su abuela, una mujer excéntrica donde las hubiera, lo había mandado seis meses a un campamento de refugiados al terminar la universidad.

—Sabes lo que es ser orgulloso —le había dicho ante su negativa—. Ahora, tienes que aprender lo que es ser humilde. Sin humildad, es imposible guiar al pueblo.

En el campamento, le había tocado trabajar en la guardería. Jamás olvidaría los cuerpos demacrados de los bebés.

Puso la tetina en el biberón y salió de la cocina en dirección al dormitorio.

La niña cada vez lloraba más. Sin duda, su madre estaba durmiendo plácidamente. Aunque le costara admitirlo, había visto con qué devoción se encargaba Mariella de su hija y le costaba creer que no la estuviera oyendo.

Mariella se dio cuenta de que el llanto de Fleur no era solo de hambre y, nerviosa, la abrazó contra su cuerpo, donde la pequeña pareció encontrar algún consuelo.

Para su sorpresa, la cortina que cerraba el dormitorio se abrió y entró Xavier biberón en mano.

—Ah, está despierta… —comentó acercándose.

Al ver el biberón, a Fleur se le iluminó la mirada.

–¿Qué hay ahí dentro? –le preguntó Mariella con recelo.

–Papilla. ¿Qué va a haber? ¿Cicuta? Me parece a mí que ha leído demasiado libros tontos.

Mariella aceptó el biberón de mala gana, se echó unas gotas en la mano y las probó.

–¿Contenta?

Mariella lo miró a los ojos y apretó los dientes.

–¡Madre mía, pero si incluso duerme con esas ridículas lentillas! ¿Nunca le han dicho que nadie en el mundo tiene los ojos de ese color? ¿Se las pone para impresionar a sus amantes?

Fleur aceptó el biberón de buena gana mientras su tía se preguntaba indignada cómo se permitía aquel hombre hablarle así.

–Se cree usted muy listo, ¿verdad? Me da igual que le guste o no, pero no llevo lentillas. Tengo los ojos de este color, le parezca ridículo o no. En cuanto a impresionar a…

En ese momento, Fleur se quejó porque le había apartado sin querer la tetina de la boca.

–Perdona, cariño –se disculpó Mariella.

Entretanto, Xavier estudió disimuladamente el delicado contorno de sus pechos, que habían quedado un poco al descubierto al moverse la sábana.

Entendió por qué no había querido darle el pecho a su hija. No era de extrañar que no quisiera estropear unos pechos tan bonitos y firmes.

Desde donde estaba, casi le veía la areola rosada de los pezones.

Incómodo por el efecto que aquella imagen estaba teniendo en su cuerpo, se apoyó en un pie y luego en el otro.

¡Lo estaba haciendo adrede seguro! ¡Mariella era de esas mujeres!

Se recordó que había ido al oasis en busca de paz y tranquilidad.

La sábana se bajó un poco más.

Tenía la piel blanca como la leche y aquello le hizo fruncir el ceño. ¿No le había dicho Khalid que se habían ido de vacaciones al sur de Francia? ¿Y no había hecho topless?

Conociendo a su primo como lo conocía, sabía que jamás le gustaría una mujer tan tímida como para no quitarse la parte superior del biquini.

Él, por el contrario, pensaba que no había nada más sensual que una mujer que le mostrara el pecho única y exclusivamente a su pareja.

Mariella miró preocupada a Fleur y le tocó la mejilla. ¡Estaba ardiendo!

Xavier se tensó de pies a cabeza cuando la sábana cayó y comprobó que, efectivamente, tal y como él había imaginado, Mariella tenía los pezones rosas. Sintió la imperiosa necesidad de acercarse y tocárselos, acariciarlos y juguetear con ellos.

Nerviosa porque Fleur tenía fiebre, Mariella había olvidado por completo su presencia. De hecho, no se dio cuenta hasta que se fue.

Fleur estaba llorando a todo llorar y no conseguía calmarla. Al final, Mariella decidió envolverse en la sábana y levantarse para intentar dormir a la pequeña como había hecho antes.

A los diez minutos, Fleur comenzó a tranquilizarse y se quedó dormida, pero, en cuanto la metió en su cunita, se puso a llorar de nuevo.

Mariella lo intentó varias veces hasta que, tres horas después, tuvo que admitir que algo iba mal. Tenía las mejillas rojas y el cuerpo bañado en sudor.

A Mariella le dolían los ojos y los brazos de estar paseándola por la habitación y estaba muerta de miedo.

Tanya le había confiado a su hija. ¿Qué pensaría si supiera lo que había hecho? ¿Cómo se le había ocurrido llevarla al desierto, donde no había médicos? ¿Y si tenía algo realmente grave? Muerta de ansiedad, rezó para que la pequeña no tuviera nada.

En la otra parte de la jaima, Xavier también oía llorar a la niña, pero no quería ir a ver qué ocurría porque no se fiaba de sí mismo.

Una hora después, tras no haber conseguido calmarla, Mariella la desnudó para ver si tenía algún sarpullido.

La miró una y mil veces y no encontró nada. ¡No sabía si sentirse aliviada o más nerviosa!

Le limpió las lágrimas y la besó. La niña le agarró un dedo y comenzó a chupárselo. No, un momento, no lo estaba chupando sino mordiendo.

¡Le estaba saliendo el primer diente!

Qué alivio. Por eso estaba tan inquieta. Mariella se apresuró a darle paracetamol y, a los pocos minutos, la niña estaba tranquila y dormida.

Entonces, ella, exhausta, aprovechó para dormir un poco también.

Xavier frunció el ceño. Ya había amanecido hacía rato, ya se había duchado y había desayunado y se había puesto a trabajar en el ordenador portátil, pero no se podía concentrar.

No podía dejar de pensar en la amante de su primo y, cada vez que lo hacía, lo embriagaba un deseo que no quería sentir.

Hacía tiempo que no oía ningún ruido procedente de su dormitorio. Claro, como trabajaba de noche, debía de estar acostumbrada a dormir de día.

¡Y seguro que casi siempre acompañada!

Al pensar en que estaba durmiendo tan cerca, no pudo evitar que en su cuerpo se produjera una revolución hormonal a la que no estaba acostumbrado y que a punto estuvo de llevarlo a cometer una locura.

¡Pero si él se enorgullecía precisamente de ser un hombre controlado!

Khalid debería darle las gracias por haberle impedido que se casara con aquella seductora de ojos azul turquesa.

Pero Xavier sabía que no era así. Todo lo contrario. Su primo se había ido asegurando que no pensaba abandonar a la mujer de la que se había

enamorado y que no le importaba que lo deshere-
dara.

Su primo estaba completamente cegado por
aquella mujer y, después de conocerla, Xavier
comenzaba a entender lo peligrosa que era.

¡Pero Khalid no podría soportar que se fuera
con otro! ¡Con él! Sí, aquella iba a ser la prueba
definitiva de que no era una mujer digna de su
primo. Sería fácil que entendiera que se había
metido en su cama buscando única y exclusivamente dinero.

Sabía que su primo iba a sufrir, pero era mejor
que sufriera una vez que pasarse toda la vida su-
friendo humillaciones constantes a manos de su
mujer, como sin duda ocurriría si se casara con ella.

¿Por qué no había ruido en el dormitorio? ¿Es
que aquella mujer no pensaba levantarse a dar de
desayunar a la niña?

Irritado, Xavier fue hacia la habitación y retiró la cortina que hacía las veces de puerta.

Mariella estaba dormida en la cama con un
brazo estirado y su piel blanca expuesta al sol. El
pelo le caía sobre la cara y Xavier se fijó en que
tenía unas pestañas increíblemente largas.

Sin duda, se habría hecho algo para tenerlas
así. Imposible que fueran naturales.

Xavier la observó durante un buen rato. Por lo
que sabía de ella, no había nada que le interesara
cultural o intelectualmente, pero físicamente…

Sin darse cuenta, había dado un paso hacia la
cama. Sin duda, no había pensado su cabeza,
sino cierto otro miembro de su cuerpo.

Se preguntó qué pasaría si la tomara en brazos y la despertara. ¿Murmuraría el nombre de Khalid? Aquello debería haber sido suficiente para acabar con su erección, pero no fue así.

¡Lo que ocurrió fue que se encontró fuera de sí al imaginarla susurrando cualquier nombre que no fuera el suyo!

Mientras intentaba dilucidar qué significaba aquello, unos agradables ruiditos procedentes de la cuna lo distrajeron.

Se acercó y observó a Fleur. La hija de Mariella. La hija que había tenido con otro hombre.

La niña había apartado las sabanitas y estaba jugando con sus piececitos. Lo miró y sonrió coqueta.

Xavier la miró encantado. Era tan pequeña, tan delicada y tan... parecida a su madre.

Instintivamente, se inclinó para tomarla en brazos.

Mariella no sabía qué fue lo que la despertó, pero al hacerlo se encontró a Xavier junto a Fleur.

—¡No se atreva a hacerle daño! —le espetó.

—¿Hacerle daño? —dijo él girándose con las mandíbulas apretadas—. ¿Y se atreve usted a decirme eso cuando el daño ya está hecho? Por el mero hecho de ser hija de una mujer que... —se interrumpió incapaz de poner en palabras lo que sentía—. Supongo que estará acostumbrada a entretenerse sola mientras su madre duerme tras una noche de lo más ajetreada, ¿verdad?

Mariella apenas podía contener la ira.

–¿Cómo se atreve a decir esas cosas después de cómo se ha comportado usted? Es usted el hombre más despreciable y ruin que he conocido jamás. ¡No tiene compasión ni sentido de la responsabilidad!

«Es cierto que no lleva lentillas», pensó Xavier al ver cómo sus ojos se tornaban azul oscuro por el enfado.

No pudo evitar preguntarse si le pasaría lo mismo cuando se dejara arrastrar por la pasión. ¿Sería tan apasionada en la cama como se estaba mostrando en aquellos momentos?

Instintivamente, supo que sí. Si fuera suya...

–Son casi las once –anunció furioso consigo mismo por permitirse semejantes pensamientos–. Supongo que la niña tendrá hambre.

Mariella miró el reloj estupefacta. ¿Cómo era posible que fueran las once?

«Nos tenemos que ir cuanto antes», pensó mientras Xavier abandonaba el dormitorio.

Capítulo 4

MARIELLA entró en el salón y frunció el ceño al no encontrar allí a Xavier. ¿Dónde se habría metido?

En un rincón, vio un ordenador portátil encendido. Obviamente, había estado trabajando.

Mirando a su alrededor, intentó imaginarse a su hermana allí. Tanya era una chica de ciudad, que adoraba pasar las vacaciones en lugares caros y a la que le gustaban las casas modernas.

Le costaba trabajo imaginársela con un hombre como Xavier. Aquel jeque era demasiado austero, demasiado…

«Tanya lo ama», se recordó.

¡Pero no era su tipo en absoluto! A su hermana le gustaban los hombres alegres, divertidos y con ganas de hacer cosas.

Fleur estaba completamente dormida, así que Mariella decidió salir a ver qué pasaba. Ya no se oía el ruido del viento. Eso debía de querer decir que podría volver a la ciudad.

Al salir, comprobó que, efectivamente, la tormenta había amainado. El cielo estaba teñido de un color ocre y su todoterreno tenía los laterales cubiertos de arena.

Miró hacia el oasis y vio que estaba situado bajo una pared casi vertical salpicada de salientes.

Mirándolo con ojos de artista, aquel lugar tenía un encanto especial. Había varias palmeras cerca del agua del oasis y, detrás, una zona de césped. El silencio que reinaba era casi hipnótico.

Un movimiento en aquella zona captó su mirada y su cuerpo se tensó al comprobar que se trataba de Xavier. Iba vestido con vaqueros y camiseta y parecía que estaba mirando el estado de las palmeras.

Obviamente, no la había visto, pero, aun así, Mariella prefirió cobijarse bajo la seguridad de la jaima.

Desde allí, lo vio mirar hacia el cielo con la mano sobre los ojos.

Xavier vio que el viento no había dañado ninguna palmera.

No había ninguna razón para que no volviera a la jaima y siguiera trabajando. Pronto, tendría que hacerlo. En esos momentos, estaban en el ojo del huracán, pero pronto el viento volvería con mayor fuerza. Sin embargo, no podía volver adentro porque no paraba de pensar en ella… allí tumbada en la cama… en su cama.

Enfadado, se desnudó y fue hacia el agua.

Mariella no podía moverse del sitio. Como si la hubieran hechizado, se quedó inmóvil con el cuerpo en tensión y la respiración entrecortada mientras intentaba controlar el efecto que aquellos músculos y aquel cuerpo desnudo tan maravilloso estaban teniendo sobre ella.

Había estado en Florencia y había observado las obras de los clásicos, lo que le permitió darse cuenta de que estaba ante una obra de arte.

Xavier estaba nadando con tanta naturalidad, que era obvio que para él lo más normal era bañarse desnudo en su oasis.

Para intentar calmarse, se puso a pensar en lo que había bajo aquella piel masculina: tendones, músculos, tejidos… En lugar de tranquilizarse, se encontró teniendo cada pensamientos más sensuales.

Los pensamientos académicos estaban desapareciendo de su mente para dar paso a otros mucho más básicos.

La única zona de su cuerpo que estaba más pálida eran sus nalgas. Tenía una anatomía perfecta, sí, perfecta para…

Mariella se estremeció violentamente al sentir como si se estuviera hundiendo en una piscina de sensaciones demasiado profundas y peligrosas como para librarse de ellas con facilidad.

Sin poder evitarlo, siguió mirándolo. Xavier avanzó dentro del agua hasta que solo se le veían los hombros y la cabeza. Entonces, se zambulló y reapareció varios metros más allá para ponerse a nadar con maestría y fuerza.

Mariella se sentía sorprendida, furiosa, vulnerable y excitada de la cabeza a los pies. ¡Era imposible que deseara a Xavier, pero el mensaje de su cuerpo era innegable!

Le hacía sentir náuseas poder desear a un hombre que había hecho sufrir tanto a su hermana y del que Tanya seguía enamorada.

Aquel sentimiento era la más grande traición contra sí misma. Era inconcebible que le estuviera pasando algo así. ¿Cómo era posible que una mujer que solía controlar sus impulsos sexuales con facilidad estuviera tan… tan…?

Cerró los ojos fuerza y apartó la mirada del oasis.

«Admítelo. Lo deseas tanto que, si viniera a por ti, le dejarías que te hiciera lo que quisiera aquí y ahora. ¿Dejarlo? Se lo suplicaría, se lo imploraría», pensó.

Sacudió la cabeza con fuerza para intentar apartar de su mente aquella voz que se burlaba de ella y la atormentaba.

Se adentró en la jaima sin darse cuenta de que el viento había comenzado a soplar con fuerza de nuevo.

Fue a ver a Fleur, que estaba dormida. Solo había estado fuera una media hora, pero se sentía como si hubiera atravesado un túnel del tiempo y estuviera en otro mundo.

Un mundo en el que ya no sabía a ciencia cierta quién era.

Se apresuró a recoger sus cosas. No quería estar allí cuando Xavier volviera. No lo podría soportar. No quería verlo, no quería estar en la misma habitación que él. Sería demasiado para ella.

Nunca había imaginado que existiera alguien ante quien se sintiera tan amenazada y asustada. Sonrojada y excitada, observó lo mal que había hecho la maleta.

Decidió meterlo todo como fuera en el todoterreno y despertar a la niña en el último momento, cuando estuviera lista para volver a la seguridad del hotel.

Tomó aire y se dijo que, una vez allí, seguro que recobraría la cabeza y volvería a ver a Xavier como lo que era, el hombre que había traicionado a su hermana y el padre de Fleur.

Mientras corría hacia el coche, se dio cuenta de que el viento había arreciado, pero le dio igual y comenzó a cargar el vehículo.

Xavier la vio mientras nadaba y furioso observó cómo metía cosas en el coche y volvía a entrar en la jaima en busca de más.

¡Ya estaba! ¡Solo le quedaba volver por Fleur e irse! Con un poco de suerte, Xavier seguiría nadando y no se daría cuenta.

Si le apetecía tanto nadar, ¿por qué no se había puesto… eh… un bañador, por ejemplo? ¿Por qué había tenido que exponer su cuerpo de aquella manera?

Ofuscada en sus pensamientos, no lo vio salir del agua, vestirse e ir corriendo hacia ella.

–Vamos, preciosa –le dijo a Fleur–. Tú y yo nos vamos...

–¡No vais a ninguna parte!

Mariella se giró y lo miró pálida. Xavier llevaba la camiseta empapada y pegada al cuerpo y, sin darse cuenta, Mariella deslizó la mirada hasta la bragueta de sus vaqueros.

Le estaba bloqueando la salida, pero, en lugar de pensar en aquel importantísimo detalle, su mente parecía más decidida a ponerse a comparar cómo estaba vestido y cómo estaba... ¡desnudo!

Se reeordó que era una empresaria adulta y madura, acostumbrada a guiar su vida y a tomar sus propias decisiones y no una tonta que se dejara llevar por las hormonas.

–Me llevo a Fleur a la ciudad y no me lo va a poder impedir de ninguna manera –le advirtió echando los hombros hacia atrás–. ¡En todo caso, después de cómo nos ha tratado y de lo que nos ha dicho, no creo que tenga mucho interés en que nos quedemos!

–¡Claro que no quiero que se queden! –le espetó Xavier secamente–. El problema es que van a tener que hacerlo a no ser que quiera ir a una muerte segura.

Mariella se quedó mirándolo fijamente. ¿De qué estaba hablando? ¿Estaba intentando asustarla?

–Nos vamos –insistió avanzando hacia él e intentando ignorar el martilleo de su corazón.

–¿Está loca? No podrá avanzar ni un par de

kilómetros. Se las tragará la arena. Si el viento de ayer le pareció horrible, el de hoy no se lo va a creer.

Mariella tomó aire.

—Acabo de estar fuera y no hacía viento —contestó impaciente—. La tormenta ha pasado.

—Porque lo dice usted, que es una gran experta en tormentas en el desierto, ¿verdad? Para que lo sepa, no había viento, porque estábamos, estamos, en el ojo del huracán. Los que conocemos el desierto, lo sabemos.

—Miente —lo acusó cabezota—. Quiere que nos quedemos porque...

Se interrumpió y vio que Xavier la miraba burlón.

—¿Por qué? —la animó a seguir.

«Porque sabes que te deseo con todo mi cuerpo y tú a mí también», le dijo una peligrosa voz a Mariella.

—Miente —repitió mirando hacia la salida.

—¿Ah, sí? —dijo Xavier levantando la cortina para que viera lo que estaba sucediendo fuera.

Las palmeras estaban tan dobladas por la acción del fuerte viento que sus hojas barrían el suelo de arena.

Mariella observó que el viento iba a más y percibió un silbido muy agudo que le hizo daño en los oídos.

¿De dónde habían salido aquellas espirales de arena que tenía ante ella? El sol había desaparecido y en el horizonte no se distinguía la arena del cielo.

Dio un paso fuera y el viento estuvo a punto de hacer que saliera volando. Gritó con Fleur en brazos y pronto otros mucho más fuertes se la arrebataron.

Al imaginarse lo que habría sido de ellas si aquello las hubiera pillado solas en mitad del desierto, palideció.

—¿Me cree ahora? —preguntó Xavier.

Al ir a recuperar a Fleur de sus brazos, sus dedos se tocaron y Mariella apartó la mano como si le hubiera dado una descarga eléctrica y, al hacerlo, perdió el equilibrio.

Inmediatamente, Xavier alargó el brazo y la sujetó. Parecía que las estaba protegiendo y salvando a las dos.

Sintió lágrimas en los ojos y se enfadó consigo misma por dejarse llevar por unas emociones que no tenían sentido.

—¿Cuánto va a durar la tormenta? —le preguntó apartándose.

—Por lo menos, veinticuatro horas. Puede que un poco más —contestó Xavier—. Como no podemos recibir información, es imposible saberlo seguro. No suele haber tormentas en esta época del año, pero cuando se producen son impredecibles y crueles.

«Como tú», pensó Mariella agarrando a Fleur.

Capítulo 5

MARIELLA se levantó de la cama en la que había estado leyendo uno de los libros de investigación que se había llevado a Zuran para ver qué tal estaba Fleur.

Miró el reloj y vio que eran casi las ocho de la noche. Fleur estaba despierta, pero contenta y se dejó mirar encantada las perlitas blancas que empezaban a asomar en sus encías.

Seguía estando un poco roja, pero parecía que el paracetamol le había parado el dolor.

Mariella se había retirado a «su habitación» a última hora de la tarde, desesperada por huir de la carga altamente sexual que había en el ambiente del salón.

Se le había hecho imposible ver a Xavier sin imaginárselo como lo había visto por la mañana, desnudo y masculino.

Había salido al todoterreno para volver a meter sus cosas y Mariella lo había ayudado. Había sacado también su material de pintura y se había alegrado mucho de encontrar sus libros pues, aparte de que le interesaba el tema, era la excusa perfecta para distanciarse de él.

Con el pretexto de que la niña tenía que dormir la siesta, se había metido en su habitación y no había salido desde entonces.

Para pintar al caballo del príncipe, que era al fin y al cabo para lo que había ido a Zuran, quería estudiar la anatomía de aquellos maravillosos animales. Como Kate le había dicho, aquel proyecto era importante, así que se puso a dibujar sin dilación.

Solo se interrumpió cuando Fleur comenzó a llorar reclamando su atención. Solo entonces se fijó en lo que había estado pintando y se quedó helada.

Era un cuerpo humano… Xavier… nadando, de pie… su cuerpo desnudo y firme, musculoso y fuerte.

Sintiéndose culpable, pasó la hoja y guardó el cuaderno a buen recaudo. Acto seguido, fue por Fleur, la sentó en su carrito y la llevó a la cocina.

–Mira qué cena más rica –le dijo mientras se la preparaba.

En principio, había pensado volver a dársela en la habitación, pero finalmente decidió ir al salón. Al fin y al cabo, era hija de Xavier y seguramente ambos necesitaban recordar ese hecho a menudo. ¡Aunque por razones diferentes!

Xavier debía darse cuenta de lo que se estaba perdiendo no reconociendo a su hija.

Cuando Mariella entró en el salón, él estaba trabajando en el ordenador, así que ella se puso a dar de cenar a la niña, que comía con apetito y parecía haberse olvidado del dolor de dientes.

De repente, un sexto sentido le dijo que las estaba mirando y, al levantar la mirada, comprobó que así era. Xavier había dejado de trabajar y se había girado hacia ellas.

–Tiene tu nariz –le dijo.

A Mariella le tembló la mano. Tanya y ella tenían la misma nariz que su madre y era cierto que la niña también la había heredado aunque, según su madre, tenía las pestañas de su padre.

Mariella sintió que se estaba empezando a sonrojar. ¿Cómo podía aquel hombre comportarse de forma tan fría con su hija?

¡Xavier se comportaba con la niña tal y como su padre debía de haber hecho con ella! ¡Mariella sabía lo que significaba crecer a la sombra de un padre que no quiere a sus hijos y no quería que Fleur tuviera que sufrir lo mismo!

Xavier tenía que ver que aquella niña era su responsabilidad, por lo menos en parte. No podía permitir que se desentendiera. No lo pensaba por el dinero, sino por el aspecto emocional.

Fleur había terminado de cenar y había empezado a bostezar. Mariella se aseguró de que estuviera bien cómoda en el cochecito, le dio un beso y se fue a la cocina a fregar.

Una vez a solas con la niña, Xavier la estudió detalladamente. Tenía la piel mucho más blanca que su primo y, aunque veía mucho parecido con su madre, no veía ninguno con su padre.

Fleur estaba completamente dormida ya, y se estremeció un poquito. Inmediatamente, Xavier se acercó y la tocó. Estaba caliente, pero él sabía que las noches en el desierto eran frías. ¿Necesitaría otra manta?

Mariella estaba en la cocina, así que fue a su habitación a buscarla. Al ir a agarrarla de la cuna, vio el cuaderno abierto y unos dibujos muy fáciles de reconocer.

Frunció el ceño, lo agarró y lo miró detenidamente.

Tras fregar, Mariella volvió a su habitación con la intención de guardar las cosas de la niña, pero al encontrarse a Xavier allí se quedó parada en el umbral.

—¿Dónde está Fleur? —le preguntó inmediatamente.

—Completamente dormida —contestó—. Por cierto, me he estado fijando en que se parece mucho a usted, pero nada a su supuesto padre…

Mariella ya había aguantado demasiado.

—¿Cómo es usted capaz de negar la carne de su carne y la sangre de su sangre? —le espetó—. No me explico cómo una mujer puede desearlo y menos…

La interrumpió sin tiempo a decir «Tanya».

—¿Ah, no? ¿Y entonces me puede explicar qué es esto?

Mariella sintió que le faltaba el aire al ver que tenía el cuaderno en la mano. Intentó arrebatárselo con furia, pero Xavier era más alto y no se lo permitió. Más furiosa todavía, se abalanzó sobre él.

—¡Deme eso! ¡Esos dibujos son míos! —exclamó.

Al intentar agarrarlo, lo arañó sin querer en el

brazo y la reacción de Xavier la tomó completamente por sorpresa, pues tiró el cuaderno al suelo y la tomó con ambas manos de la cintura.

–Pequeña… –se interrumpió antes de insultarla–. ¡Puede que otros hombres te dejen hacer y deshacer a tu antojo, pero no yo! –añadió zarandeándola.

Mariella miró a su alrededor inquieta y se dio cuenta de que tenía la cama detrás. Lo único que quería era que la soltara, pero en un abrir y cerrar de ojos estaba tumbada sobre la cama con Xavier encima.

Al mirarse en aquellos ojos grises como la lava volcánica, Mariella se dio cuenta de que estaba enfadado con ella. Sin embargo, había algo más y al darse cuenta de lo que era no pudo evitar estremecerse de pies a cabeza.

¡La deseaba! Lo percibió en la repentina tensión que se hizo entre ellos.

«El destino», pensó Xavier. La oportunidad perfecta para demostrarle a su primo que aquella mujer no era digna de su amor. Sin embargo, mientras se inclinaba para besarla, no lo hacía por su primo, sino llevado por una extraña fuerza más intensa de lo que jamás había experimentado.

«Esto está mal, muy mal, es una traición», pensó Mariella mientras su cuerpo se debatía entre el deseo y la angustia.

La boca de Xavier arrasó la suya con la misma fuerza que se había imaginado y que ella sentía dentro, de pies a cabeza. Sin poder negarse, le respondió con la misma intensidad. En algún momento, le había puesto las manos en los hombros. ¿Debía apartarlo o empujarlo hacia ella?

Xavier le mordió el labio inferior con fuerza para que lo dejara entrar y Mariella lo hizo a pesar de que en su interior lloraba de rabia y de vergüenza por no poder controlar aquel deseo que había echado por tierra sus patéticas defensas.

No sabía por qué ni cómo, pero lo cierto era que sabía que aquel hombre y aquel momento eran algo que había estado esperando toda la vida. Incluso le estaba gustando la cruel intensidad de su deseo y estaba respondiendo a él con la misma ferocidad.

Xavier observó anonadado cómo los ojos azul turquesa se habían oscurecido de pasión y se sintió preso de ellos, de su brillo. ¿Cómo era posible que Mariella expresara así el deseo a través de su mirada? Un deseo que no tenía nada que envidiar al suyo propio.

Al sentir su lengua dentro de la boca, Mariella le clavó las uñas en el brazo, pero aquella vez adrede.

Intentó negarse a sí misma lo que estaba sintiendo y se apartó de Xavier, desesperada por salvarlos a ambos de una horrible traición, pero él ya había claudicado y no estaba dispuesto a dejarla escapar.

Se lo impidió reteniéndola con el peso de su cuerpo, la hizo derretirse de deseo e incluso gemir suplicante mientras sus cuerpos se movían en la cama.

Era el ruido de dos cuerpos contra las sábanas acompañado del ritmo acelerado de dos respiraciones cada vez más entrecortadas que no dejaban lugar a dudas sobre sus intenciones.

Xavier deslizó sus labios por la barbilla de Mariella, que automáticamente arqueó el cuerpo de placer.

Solo habían sido unos besos y ella ya se sentía poseída por él como si la hubiera acariciado de forma íntima. Estaba tan excitada, que no quería ni imaginarse lo que iba a ser de ella cuando llegaran a ese momento.

Al sentir su mano en un pecho, no pudo reprimir un grito de júbilo; Xavier gimió y se lanzó a desnudarla.

Mientras lo hacía, Mariella emitía pequeños gemidos de placer, pues soñaba con verse completamente desnuda y lista para él, pero cuando lo estuvo sintió pánico de repente. Al instante, se cubrió los pechos con las manos para protegerse, pero Xavier la agarró de las muñecas, le puso cada mano a un lado de la cabeza y se arrodilló sobre ella.

Mariella lo vio mirarle el pecho con deseo y sintió que se excitaba todavía más. En respuesta, sus pezones se endurecieron hasta causarle dolor y, entonces, Xavier aprovechó para atraparlos en su boca.

Al sentir su lengua haciendo círculos primero alrededor de uno y, luego, del otro mientras ella no se podía ni mover pues la tenía firmemente agarrada se sintió llevada a otro nivel de placer que le humedeció la entrepierna.

Mariella cerró los ojos y lo vio como lo había visto en el oasis, como lo quería volver a ver, mientras su cuerpo se movía al ritmo de su lengua y se preparaba para la embestida magnífica y final de su masculinidad.

Xavier sabía que estaba perdiendo el control porque aquella mujer le estaba haciendo sentirse poseído por el deseo. Con solo ver sus pechos y sus pezones erectos por él, se había decidido a poseerla hasta el final, a hacerla suya.

En cuanto le soltó las manos, se lanzó a desnudarlo con ansia. Con maestría, desabrochó botones y cremalleras y lo acarició como había querido hacer al verlo desnudo por primera vez.

Al sentir cómo estaba de impaciente por estar dentro de ella, Mariella jadeó de placer y dejó que la siguiera besando y que la abrazara. Al sentir su cuerpo completamente desnudo contra el suyo y su erección fuerte y poderosa no pudo más.

Le puso las piernas alrededor de la cintura, se abrió a él y gritó de placer al sentirlo avanzar dentro de su cuerpo con movimientos seguros y urgentes.

Sus músculos internos lo recibieron con movimientos eróticos. Mariella saboreó cada embestida y lo sintió endurecerse y crecer todavía más dentro de ella mientras sus dos cuerpos se acoplaban a un mismo ritmo que había de llevarlos al orgasmo total.

–¿Mi primo también te ha dado esto? ¿Te ha hecho sentir así? ¿Fue así de bueno cuando hicisteis a Fleur?

Mariella sintió que se quedaba sin aliento.

–¿Te entregaste a él tan fácilmente como te has entregado a mí? ¿A nosotros y a cuántos más?

Con un grito desgarrador, se apartó de él. Su cerebro apenas podía procesar lo que acababa de oír y su cuerpo, arrancado de repente de algo tan placentero, parecía al borde de la muerte.

La sorpresa de su rechazo hizo que a Xavier se le encogiera el alma. Quería volverla a tomar en brazos y hacerla suya de nuevo. Quería oírla decir que ningún otro hombre la había hecho sentir como él jamás y, sobre todo, quería darle su semilla más íntima para que dentro de ella floreciera un hijo.

Porque, en el fondo, eso era lo que quería, hacerle un hijo para que no estuviera ligada a otro hombre ni a la hija de otro.

«No, no puede ser», se dijo, asustado, recordándose que aquello lo había hecho, precisamente, para demostrarle a su primo que aquella mujer no era digna de él.

–¡Me acabas de demostrar lo que eres! –le espetó–. En cuanto Khalid se entere de lo deseosa que estabas por entregarte a mí, se dará cuenta de lo acertado que estuve al aconsejarle que tuviera cuidado contigo.

¿Por eso había querido acostarse con ella? ¿Para ponerla en evidencia ante otro hombre?

En ese momento, Fleur comenzó a llorar en la otra habitación y Mariella se apresuró a ir a consolarla. La tomó en brazos y la apretó con fuerza como si aquello pudiera curarle la horrible herida que le acababan de infligir y que amenazaba con desangrarla de dolor.

Temblaba de pies a cabeza por lo que acababa de ocurrir. ¡Xavier no era el padre de Fleur! ¡Era su primo! Sin embargo, Xavier creía que ella era la madre de la niña y por eso había querido acostarse con ella.

¡Lo había planeado de forma fría y calculadora para demostrarle a su primo que era una mujerzuela que se acostaba con cualquiera!

El destino había sido benévolo con ella porque no le había permitido traicionar a su hermana y porque le acababa de mostrar qué tipo de hombre era Xavier en realidad.

Capítulo 6

AL entrar en su bungalow del hotel, Mariella suspiró aliviada por primera vez desde que había salido del oasis.

Ahora que ya estaba a salvo, tal vez, pudiera poner en orden los acontecimientos de las últimas cuarenta y ocho horas para, a continuación, olvidarlos.

–Para siempre –dijo en voz alta.

¿Pero cómo iba a olvidar algo tan cruel y horrible como lo que Xavier le había hecho?

Si hubiera sido otro tipo de mujer, incluso le habría podido gustar la experiencia pues, aunque quisiera negarlo, estaba claro que la había deseado. Era obvio que echárselo en cara lo habría humillado.

¡Y, desde luego, si alguien se merecía una gran humillación, era Xavier!

Le bastaba pensar en él para apretar los puños con ira mientras el corazón le latía aceleradamente. ¿Cómo no se había dado cuenta de que jamás se habría acostado con él si hubiera estado enamorada de otro hombre?

¿No se había dado cuenta de que era imposible que fuera la madre de Fleur y la amante de otro hombre?

Sin embargo, estar convencida de que él era el amante de Tanya, no la había detenido, ¿verdad?

En ese mismo momento, supo que tendría que vivir con ello y llevarse aquella vergüenza a la tumba.

Vio que la luz del contestador estaba iluminada, lo que quería decir que tenía mensajes. Efectivamente, tenía varios y todos del secretario del príncipe. Sin embargo, antes de llamarlo, había una cosa que tenía que hacer.

Ponerse en contacto con su hermana para que le dejara claro, por si no había entendido bien, que Xavier no era el padre de Fleur.

¡Y, una vez que eso hubiera quedado zanjado, podría olvidarse de él para siempre!

Le costó varios intentos hablar con Tanya, pero al final lo consiguió.

—Lo siento, Ella —se disculpó su hermana con la respiración acelerada—, pero tengo un montón de trabajo. No puedo hablar mucho. ¿Qué tal está Fleur?

—Bien, le ha salido el primer diente —contestó sonriente—. Tanya, tengo que preguntarte una cosa —añadió impidiendo a su hermana colgar—. Necesito que me digas quién es el padre de tu hija.

—¿Por qué? ¿Qué ha pasado? Ella, no te lo puedo decir…

—De acuerdo, de acuerdo —la tranquilizó Mariella—. Si no me puedes decir quién es, al menos, dime que no es un hombre que se llama Xavier...

—¿Quién? —contestó Tanya, indignada—. ¿Xavier? ¿El horrible primo de Khalid? ¡Claro que no es el padre de Fleur! Lo odio, él fue quien nos separó, quien mandó a Khalid de viaje no sé a dónde diciéndole que yo no era digna de él. ¿Cómo sabes de él, Ella? ¡Es un ser arrogante, déspota, chapado a la antigua y moralista que vive en la Edad Media! Ella, te tengo que dejar, de verdad... Muchos besos a las dos.

Colgó y Mariella se quedó con el auricular firmemente apretado en la mano. Así que era cierto. Xavier no era el padre de Fleur.

Sin querer darle más vueltas, se puso a escuchar los mensajes del príncipe. Había vuelto a la ciudad y quería verla.

—No se preocupe —la tranquilizó el secretario del príncipe unos minutos después tras haberle explicado por qué no había estado en el hotel—. Solo quería decirle que el príncipe da mañana un desayuno en las cuadras y quería invitarla. Su Alteza está muy entusiasmado con este proyecto y quiere hablar con usted personalmente, por supuesto. El desayuno de mañana es un acto benéfico de gala; rogamos a nuestros invitados que no lleven perfumes fuertes, pues pueden afectar a los caballos.

–Muy bien –contestó Mariella–. Solo tengo un pequeño problema. Me he traído a mi sobrinita de cuatro meses y…

–Eso no es ningún problema –le aseguró el secretario–. El palacio cuenta con una guardería con personal cualificado. Le mandaremos un coche para que las recoja.

Mariella había ido en otras ocasiones a eventos elegantes y sospechó que iba a tener que salir de compras.

Dos horas después, sentada en la exclusiva cafetería del centro comercial de Zuran, Mariella se sonrió a sí misma al observar las bolsas de las compras.

La más grande no era suya, sino de Fleur. Había visto dos conjuntos preciosos y, como no se decidía por ninguno, se había llevado los dos.

En su conjunto tampoco había reparado en gastos. Se había comprado una preciosa pamela, un par de sandalias azul turquesa de tacón alto a juego con el vestido azul de seda que pensaba ponerse y un bolso que, por casualidad, tenía un caballo bordado como adorno.

Y lo mejor era que había conseguido no pensar en Xavier. ¡Bueno, casi! El consuelo que le quedaba era que, cuando lo había hecho, había sido para recordarse lo canalla que era y congratularse al saber que nunca se permitiría ser emocionalmente vulnerable con ningún hombre.

¡Después del ejemplo que le había dado su

padre, no había riesgo de que se enamorara jamás y menos de un hombre tan despreciable!

Se terminó el café, pagó y tomó un taxi acompañada por Fleur. Había sido un día muy largo y la noche anterior apenas había dormido. Se había limitado a tumbarse en la cama de Xavier y a rezar para que la tormenta hubiera terminado a la mañana siguiente.

Sus plegarias habían sido escuchadas y había podido volver al hotel. Aunque se había echado una siesta después de comer y no eran más que las ocho, ya estaba bostezando.

Xavier se paseó por la jaima. Debería estar encantado de volver a estar solo, debería estar encantado de que aquella mujer se hubiera ido por fin.

Por supuesto, estaba deseando ver a su primo para dejarle claro lo poco que le había costado que olvidara el «gran amor» que decía sentir por él.

¡El dolor que sentía en su cuerpo no significaba nada y pronto desaparecería!

¿Y qué ocurriría si Khalid se negara a escucharlo? ¿Y si, a pesar de todo lo que le dijera, su primo decidiera continuar su relación con ella?

Si Fleur era su hija, era justo que se hiciera cargo de ella. Intentó imaginarse qué sentiría si Khalid decidiera instalar a su hija y a su madre en una casa en Zuran. ¿Qué sentiría al saber que vivían juntos, que compartían un hogar y… una cama?

Enfadado, salió, ya que el aire dentro de la tienda estaba viciado con su perfume y aquel olor a bebé. Decidió dar órdenes para que le cambiaran la cama, no fuera a ser que su olor se hubiera pegado a ella y le recordara un incidente que no debería haber sucedido y que quería olvidar a toda costa.

Sin embargo, incluso fuera, su imagen lo perseguía. Sus ojos azul turquesa, su piel pálida, su delicado cuerpo, su apasionada respuesta que lo había enloquecido y le había hecho perder el control, algo que no le había pasado nunca…

El dulce y apretado interior de su cuerpo que le había hecho creer que jamás había conocido varón ni había tenido hijos.

¡No era de extrañar que el pobre Khalid hubiera caído rendido a sus pies!

Mariella pensó que Fleur estaba atrayendo todas las miradas y no se dio cuenta de que, efectivamente, miraban al bebé, pero también a ella.

Un miembro del personal del príncipe les había dado la bienvenida nada más bajar de la limusina que las había ido a recoger y las estaba conduciendo a conocer al príncipe.

Las cuadras estaban inmaculadas y los ocupantes, magníficos, asomaban el cuello para que se les hiciera caso y no se olvidara que ellos eran los verdaderos protagonistas de aquel evento y no las personas que estaban invadiendo su territorio.

Mariella se puso un poco nerviosa al vislumbrar al fondo a un grupo de personas que se desenvolvían con la naturalidad que solo daba el dinero y la clase.

–Señorita Sutton, le presento a su Su Alteza Real –dijo el ayudante que la había guiado hasta allí.

–¡Señorita Sutton! –exclamó el príncipe con cariño.

–Alteza –contestó ella con una leve inclinación de cabeza.

–Me encanta su trabajo, pero permítame decirle que en el caso de mi amigo y rival, sir John Feinnes, ha exagerado usted la musculatura y el brío de su montura Oracle.

Mariella sonrió divertida ante aquel comentario.

–Me limito a plasmar lo que veo como artista –contestó.

–Entonces, espere a ver mis caballos. Son el resultado de un programa de cría que pusimos en marcha hace muchos años y quiero que los pinte en todo su esplendor porque se lo merecen.

«Y usted también, ¿verdad?», pensó Mariella.

–Mi amigo sir John me ha comentado que, además, tiene usted ideas muy innovadoras... Resulta que mi familia está terminando de construir unas cuadras nuevas y se me ocurre que podríamos hacer algo...

–¿Innovador? –propuso Mariella.

–Exactamente –sonrió el príncipe–. En cualquier caso, no es el momento de ponernos a hablar de trabajo. La he invitado para que conozca a sus clientes de forma informal, por decirlo de alguna manera…

Fleur, que había estado mirando a aquel hombre con los ojos muy abiertos, le sonrió de repente.

—Tiene usted una hija preciosa —dijo el príncipe.

—Es mi sobrina —le dijo Mariella dándose cuenta de que había más gente esperando para hablar con el príncipe.

Se apartó discretamente y se dedicó a observar a los caballos, que estaban entrenando a lo lejos.

—¿Quiere usted dejar a la niña en la guardería? —le preguntó el secretario del príncipe.

—No, gracias, —contestó Mariella.

Lo cierto era que prefería que Fleur estuviera con ella. No la molestaba en absoluto, pues había allí demasiada gente como para ponerse a hacer bocetos de los animales.

Sin embargo, aprovechó para fijarse en las personas.

Tras mirar a los congregados en las cuadras del príncipe, Xavier se preguntó qué demonios hacía él allí.

Normalmente, solía huir de aquellos actos sociales como de la peste, pero, como Khalid no estaba, le había tocado ir a él.

Dado que tenía negocios con el príncipe y que

el desayuno era un acto benéfico en honor de una de las causas que él tenía apadrinadas, había decidido asistir.

Había hablado ya con varias personas y se disponía a irse cuando, por el rabillo del ojo y en mitad de la multitud, le pareció vislumbrar un vestido azul turquesa.

Con decisión, fue hacia allí.

Los presentes estaban yendo hacia la carpa en la que se iba a servir el desayuno, pero Mariella dudó preguntándose si no debería llevar a Fleur a la guardería. Sin saber qué hacer, miró a su alrededor con la esperanza de ver al secretario del príncipe.

Xavier la vio antes de que Mariella lo viera a él.

¡Sí, era ella!

Era fácil sospechar lo que estaba haciendo allí. En el desayuno benéfico se habían congregado algunos de los hombres más ricos de Zuran y no sería difícil que alguno de ellos se fijara en ella.

Desde la pamela de rafia y tul que llevaba en la cabeza hasta las uñas de los pies delicadamente pintadas y las sandalias tan frágiles que no sabía ni cómo podía andar, toda ella irradiaba vulnerabilidad e inocencia.

¡Pero Mariella no era así y él lo sabía!

Sin sospechar lo que se avecinaba, Mariella se cambió de brazo a Fleur.

—¡Muy bonito! —exclamó Xavier acercándose a ella—. Te has presentado aquí vestida a la europea, ¿eh? Pues déjame que te diga que no creo que vayas a tener el efecto deseado en Zuran con esa ropa.

—¡Xavier! —contestó Mariella notando que le temblaban las piernas.

—No sé cómo habrás conseguido pasar el control de seguridad… aunque me lo puedo imaginar. A las amantes y las mujeres que venden sus favores no se les suele permitir asistir a estos actos.

¡Amantes! Su insulto no hirió solo su orgullo sino su sentido de protección fraternal hacia Tanya.

Sabía que, si aquella conversación continuaba, le iba a tener que decir que no era la madre de Fleur, así que prefirió irse a la carpa a desayunar.

¡Había ido allí por motivos de trabajo y no pensaba estropear un buen proyecto discutiendo con Xavier delante del príncipe!

—Si te vas a comportar como un patán, me niego a hablar contigo —le advirtió—. Perdona, pero debo reunirme con los demás —añadió, dándose cuenta de que un fotógrafo acababa de tomar una imagen de ellos dos juntos.

—No creas que me engañas —apuntó Xavier—. Sabes que Khalid se va a enterar de lo que pasó y va a dejarte definitivamente y te estás buscando ya otro hombre que te mantenga.

—Para que lo sepas, no necesito que ningún hombre me mantenga —contestó Mariella alejándose iracunda.

Mientras huía de él, Mariella sintió una mano

en el brazo. Menos mal que era el secretario del príncipe.

—Su Alteza quiere que desayune usted en su mesa, señorita Sutton —le informó—. Si quiere, primero la acompaño a la guardería.

Xavier observó con ira cómo Mariella desaparecía entre los invitados. ¿Cómo se atrevía a mentir tan descaradamente y a decirle que era independiente económicamente?

¡Aquella mujer era despreciable y fría, así que no merecía la pena volver a pensar en ella!

Al oír a dos mujeres conversar sobre los mejores balnearios del mundo, Mariella decidió que la conversación en la mesa era, desde luego, cosmopolita.

Cuando el desayuno hubo terminado, el príncipe se acercó a ella.

—Mi secretario se pondrá en contacto con usted para que quedemos y podamos tratar los aspectos formales del proyecto —le dijo.

—Me estaba preguntando si podría visitar las nuevas cuadras o, por lo menos, ver los planos.

Se le habían ocurrido un par de ideas, por supuesto innovadoras, pero antes de proponérselas al príncipe para su aprobación, quería ver el enclave donde van a estar las nuevas cuadras.

—Por supuesto, me ocuparé personalmente de ello —contestó el príncipe.

Mientras la escoltaba a la salida, Mariella vio a Xavier observándolos como si ella fuera… un trozo… de carne que se estuviera plateando comprar.

—Alteza.

—Xavier.

Al ver que se saludaban, Mariella intentó apartarse y alejarse, pero, de alguna manera, Xavier le había cerrado el paso.

—¡Veo que no llevas a Fleur contigo!

—No, está en la guardería. Iba a buscarla ahora —contestó Mariella con frialdad.

—¿Os conocéis? —preguntó el príncipe—. La señorita Sutton me va a prestar sus maravillosos servicios. De hecho, me ha prometido ser innovadora conmigo, ¿verdad?

Al darse cuenta de cómo estaban sonando aquellas palabras a oídos de Xavier, Mariella se excusó y se fue, pero, para su desgracia, Xavier la siguió y la tomó del brazo.

—Es increíble —le dijo—. Todo el mundo sabe que el príncipe está enamoradísimo de su esposa y tú has conseguido, bruja, que diga públicamente que va a contratar tus servicios.

Mariella no se molestó en contestarle y se limitó a sonreír.

—¿Ves? No deberías haberte molestado tanto para proteger a tu primo —le espetó—. Ya no hace falta que vayas corriendo a narrarle tu sórdido comportamiento conmigo. Al fin y al cabo, cuando se entere de que el príncipe me paga por… mi arte…

—¿Cómo te atreves a hablar así de un tema tan serio? —le preguntó Xavier zarandeándola de ambos brazos.

Para su sorpresa, Mariella acababa de descubrir que estaba disfrutando de lo lindo sacándolo de sus casillas.

—¿Por qué no iba a hacerlo? Estoy muy orgullosa de mi profesión y de que se me tenga en tanta estima. ¡Eso me permite ganarme la vida decentemente!

Xavier le clavó los dedos en los antebrazos con fuerza.

—De hecho, en algunos círculos muy selectos ya soy famosa —sonrió eufórica.

—¿Estás orgullosa de ser una prostituta de alto nivel? Personalmente, yo te habría clasificado solo como una prostituta cara.

Mariella estuvo a punto de abofetearlo, pero Xavier se lo impidió.

—Si me abofetearas aquí, podrías terminar en la cárcel, pero si yo hago esto… —dijo besándola con rabia.

Mariella intentó soltarse, pero no pudo. Xavier era mucho más fuerte que ella y, a pesar de su furia y su desprecio, la deseaba físicamente. ¿Como le pasaba a ella con él?

La soltó tan de repente, que Mariella estuvo a punto de perder el equilibrio. Asombrada, lo vio girarse para irse, pero antes de hacerlo, se sacó la cartera de la chaqueta y le arrojó unos billetes al suelo.

Mariella se quedó mirándolo con la boca abierta.

—¡Recógelos! —le ordenó.

Mariella tomó aire y habló con toda la dignidad que pudo.

—Por supuesto que los voy a recoger. Estoy segura de que las asociaciones benéficas que patrocinan este evento estarán encantadas de contar con este dinero —dijo rezando para que creyera que el brillo de sus ojos era desprecio y no dolor.

Xavier la vio alejarse en silencio. Su propio comportamiento lo había sorprendido, pero era demasiado orgulloso para admitirlo y, por supuesto, no iba a admitir qué lo había motivado.

¿Cómo iba a admitir que se sentía celoso por los favores de una prostituta? ¿Cómo iba a admitir que su deseo de poseerla no era un deseo puramente físico sino mucho más? ¡No podía admitirlo y no pensaba hacerlo!

Capítulo 7

UN friso?
El príncipe frunció el ceño y miró a Mariella.

Habían pasado tres días desde el desayuno y dos desde que había visitado el enclave de las nuevas cuadras.

Después de lo que había pasado con Xavier, había sentido la tentación de hacer el equipaje e irse a su casa, pero se había negado a hacerlo.

No era culpa suya que aquel hombre hubiera malinterpretado todo. Además, el proyecto que el príncipe le había propuesto le interesaba mucho desde el punto de vista artístico.

¡Por no hablar de lo que habría dicho Kate si se hubiera ido!

Así que, en lugar de preocuparse por Xavier, había pasado los dos últimos días trabajando frenéticamente en la idea que había tenido para las cuadras.

—El pasillo semicircular que conduce a las cuadras sería perfecto para un proyecto así —le aconsejó—. Podría pintar a los caballos de diferentes formas, cada uno en su cuadra, o en línea.

He estado hablando con sus entrenadores y me han dicho que cada uno tiene su carácter, así que si los pintara juntos quedaría muy vistoso. Me han contado que a Salomón le gusta ser siempre el primero, que Saladino nunca sale de su cuadra a menos que hayan sacado también al gato con quien la comparte, que Shazare no aguanta a los caballos con calcetines blancos y que…

El príncipe la interrumpió con su risa.

—Ya veo que se ha documentado usted bien —apuntó—. Sí, me gusta su sugerencia, pero va a ser un proyecto de mucha envergadura.

Mariella se encogió de hombros.

—Sí, pero me permitirá pintar a los animales a tamaño natural.

—Tendrá que terminarlo antes de que se inauguren oficialmente las cuadras.

—¿Cuándo será eso?

—En unos cinco meses —contestó el príncipe.

Mariella hizo sus cálculos mentalmente y suspiró aliviada. Sí, tenía tiempo de terminar el trabajo en aquel tiempo.

—Yo tardaré un mes o dos en tenerlo todo —se comprometió Mariella—. Siempre y cuando, usted me dé el visto bueno, por supuesto.

—Deme dos días para decidirme. No es que no me guste la idea, pero aquí la imagen es muy importante y, si por lo que fuera no termináramos a tiempo, quedaría mal ante mis aliados y ante mis rivales. No dudo en absoluto de su trabajo ni de su competencia, eso que quede claro.

Mariella sabía que necesitaba un par de días

para investigar si solía entregar sus encargos a tiempo y no le molestó que lo hiciera. Tampoco tenía nada que esconder pues era extremadamente profesional y siempre acababa a tiempo sus trabajos.

La enfermera que el príncipe había contratado para que cuidar a Fleur mientras Mariella trabajaba le sonrió al entrar.

–Es una niña muy buena –le comentó.

Una vez en su bungalow del Beach Club, Mariella intentó llamar a Tanya para contarle los progresos de su hija y para informarle sobre su proyecto, pero no pudo hablar con ella, así que le dejó un mensaje en el contestador.

Si el príncipe decidía concederle el proyecto, iba a ganar suficiente dinero como para que su hermana no tuviera que trabajar lejos de casa.

Sabía que Tanya quería ser independiente, pero había que tener en cuenta las necesidades de Fleur y, además…

Se dio cuenta de que iba a echar enormemente de menos a su sobrina cuando llegara el momento de devolvérsela a su madre.

Su decisión de no casarse le iba a costar perderse la maravilla de la maternidad.

Un poco nerviosa, Mariella se alisó la falda. Había llegado al palacio hacía media hora para ver al príncipe, quien le tenía que comentar su decisión de seguir adelante o no con la idea del friso.

Una tímida enfermera se había llevado a Fleur. Mariella miró nerviosa el reloj. La niña no había dormido bien la noche anterior y su tía sospechaba que había sido porque le estaba saliendo otro diente.

—Señorita Sutton, Su Alteza la está esperando.

—Ah, Mariella...

—Alteza —contestó ella mientras el príncipe le hacía un ademán para que se sentara en uno de los preciosos divanes de la sala de audiencias.

Casi inmediatamente, apareció un criado que le ofreció café y unos deliciosos pastelillos de almendra, miel y pasas.

—Es para mí un gran placer decirle que he decidido contratarla para que haga el friso —anunció el príncipe—. Cuanto antes pueda tenerlo terminado, mejor, porque tenemos que hacer un montón de cosas más antes de la inauguración.

Tras tomarse el café Mariella se apresuró a tapar la taza pues el criado se acercó, dispuesto a volverle a servir.

—Sin embargo —dijo el príncipe con el ceño fruncido—, hay un asunto que me preocupa.

Mariella supuso que todavía no estaba completamente seguro de que fuera capaz de tener el trabajo terminado a tiempo, pero en lugar de confirmar sus sospechas en príncipe se levantó y tomó un periódico.

—Este es el periódico más famoso de aquí —le dijo—. Su columna de cotilleo es muy conocida y todo el mundo la lee –añadió abriéndolo–. Hoy hablan del desayuno benéfico del otro día y, como verá, hay una foto bastante íntima de usted con el jeque Xavier Al Agir.

Mariella sintió que el corazón le latía aceleradamente mientras estudiaba con manos temblorosas la fotografía que el príncipe le mostraba.

No tardó mucho en darse cuenta de que la habían hecho cuando Xavier y ella estaban discutiendo, pero parecía que estaban a punto de besarse, pues estaban muy cerca y con los labios abiertos.

A pesar de que no se había tomado ningún pastelillo, Mariella sintió náuseas.

Para colmo, el artículo que acompañaba a la imagen decía así:

¿Quién era la joven con la que el jeque Xavier estaba hablando tan íntimamente? El jeque, conocido por sus férreos principios morales y su entrega a su tribu Al Agir, fue sorprendido en el desayuno benéfico del príncipe hablando en dos ocasiones diferentes con la misma mujer. ¿Será que el jeque ha elegido, por fin, a alguien con quien compartir su vida? ¿Y qué me dicen del bebé que acompañaba a la mujer? ¿Qué conexión tendrá con el jeque?

–En este país, una mujer sola con un niño causa revuelo y escándalo. Es obvio que la persona que ha escrito el artículo cree que Xavier y usted son los padres de Fleur –le informó el príncipe muy serio.

–Pero eso no es cierto, Alteza. Fleur es mi sobrina –protestó Mariella.

–Y yo, por supuesto, la creo, pero va a tener usted que hacer un anuncio oficial sobre este asunto. Por eso, ya he indicado a mi secretario que se ponga en contacto con el periódico para dejarles claro que Fleur es hija de su hermana y que usted ha venido a Zuran para trabajar para mí. Espero que, así, el tema quede claro y zanjado.

Mariella frunció el ceño cuando por tercera vez en varias horas su hermana no contestó el móvil y saltó el contestador.

¿Por qué Tanya no le devolvía las llamadas?

Dado el tiempo que iba a tardar en terminar el friso, en lugar de regresar a Inglaterra como estaba previsto, Fleur y ella se iban a quedar en Zuran para que pudiera empezar el trabajo inmediatamente.

El príncipe me había dicho que iba a contar con un apartamento y un coche y Mariella había decidido salir de compras para adquirir todo lo que su sobrina y ella iban a necesitar para la estancia.

A Fleur le había terminado de salir el diente, ya no le dolía nada y estaba tan contenta como de costumbre.

Llamaron a la puerta y Mariella fue a abrir esperando que fueran un miembro del personal de Beach Club, pero para su consternación se encontró con Xavier.

Sin esperar a que le invitara a pasar entró y cerró la puerta de un portazo.

–A ver si me puedes explicar esto –le dijo con sarcasmo arrojando el periódico que el príncipe le había mostrado a ella.

–No te tengo que explicar nada –contestó Mariella con toda la calma de la que fue capaz.

–Aquí dice que no eres la madre de Fleur.

–Efectivamente, no lo soy. Soy su tía. Su madre es mi hermana Tanya. ¡Y he tenido que aguantar que la insultaras cuando te ha venido en gana! Por cierto, para tu información, Tanya no es la mujerzuela que tú crees, es bailarina y cantante. Aunque tú creas que no es digna de tu primo, es él quien no es digno de mi hermana ni de su hija –estalló Mariella–. Tu primo le dijo que la quería y le prometió un futuro juntos, pero luego las abandonó. ¡No tienes ni idea de lo que ha pasado Tanya! ¡Yo estaba allí cuando Fleur nació y oí a mi hermana gritar el nombre del hombre al que amaba! ¡Qué fácil es para los hombres! ¿Verdad? Si no queréis responsabilizaros de un bebé o de vuestros hijos, no tenéis más que desaparecer. No tienes ni idea de lo que es crecer sabiendo que tu padre no te quiere y que tu madre está destrozada por su abandono y nunca volverá a ser la misma persona que antes de que le rompieran el corazón. ¡Yo jamás permitiré que un hombre me haga sufrir lo que Tanya ha sufrido!

–Me dejaste creer que Khalid y tú erais amantes –la interrumpió Xavier, furioso.

–Al principio, creí que eras el padre de Fleur,

así que di por hecho que sabías que yo no era su madre. Admítelo, desde el principio has querido pensar lo peor de mí. ¡Has disfrutado haciéndolo! Intenté decirte que te estabas equivocando cuando malinterpretaste los comentarios del príncipe, ¿recuerdas?

–¿Te das cuenta de los problemas que esto me está acarreando? –preguntó Xavier secamente.

–¿Y yo qué culpa tengo? Mi hermana es una mujer moderna que vive como una mujer moderna. Su gran error ha sido enamorarse de tu primo y aun así te atreves a hablar de ella como si fuera...

–¿Estas intentando decirme que tú también eres una mujer moderna que vive la vida de una mujer moderna? Porque si es así...

Xavier se interrumpió abruptamente al recordar lo que el príncipe le había contado de Mariella cuando se había presentado en el palacio aquella misma tarde indignado y con el periódico en la mano.

Por lo visto, Mariella era una artista aclamada y una mujer de gran integridad moral.

–No es asunto tuyo –contestó Mariella furiosa.

–Te equivocas. ¡Claro que es asunto mío!

Mariella se quedó mirándolo fijamente con el corazón latiéndole aceleradamente.

–Fleur es la hija de mi primo y, por tanto, es un miembro de mi familia. Como tú también eres su tía, también eres miembro de mi familia. Como responsable de la familia que soy, debo cuidar de las dos y no voy a permitir que vivas en Zuran sola ni que trabajes para el príncipe sin vigilancia. ¡El honor y el orgullo de mi familia está en juego! ¡Claro que es mi responsabilidad!

–¿Qué? –explotó Mariella mirándolo con desprecio–. ¿Quién te crees tú para hablar de orgullo y de honor? Si mal no recuerdo, no tuviste reparos a la hora de acostarte con la que creías la madre de la hija de tu primo con el único propósito de mantenerlos separados. ¡Menuda broma! Has abusado de mí tanto verbal como físicamente, me has insultado y denigrado y ahora vienes y tienes la desfachatez de hablar de orgullo y de honor. En cuanto al sentido de la responsabilidad del que hablas, no tienes ni idea de lo que estás diciendo.

Mariella observó cómo Xavier apretaba los dientes y supuso que era por la ira que lo embargaba y no por la vergüenza.

–¡La situación ha cambiado!

–¿Ah sí? ¿Por qué? ¿Por qué te has enterado de que no soy la amante de tu primo, sino una mujer con estudios?

–Khalid se ha puesto en contacto conmigo y me ha confirmado que es el padre de Fleur, así que me veo obligado a considerar el futuro de la niña y su reputación.

–¿Su reputación? –contestó mirándolo como si se hubiera vuelto loco–. ¡Fleur solo tiene cuatro meses! En cualquier caso, el príncipe ya ha hecho lo necesario para evitar cualquier tipo de rumor.

–He estado hablando con él y le he dicho que, mientras estéis en Zuran, viviréis bajo mi protección en mi casa. Por supuesto, está completamente de acuerdo conmigo.

Mariella no daba crédito a lo que estaba oyendo.

–¡No, no y no!

–Mariella, por favor, tómatelo como mi manera de pedirte perdón. Además, no tienes opción, ya que el príncipe cuenta con ello.

Mariella se dio cuenta de que hablaba sinceramente.

–Te espero hasta que hayas hecho el equipaje para llevarte a mi casa. Ya he hablado con mi tía abuela para que te acompañe a todas partes como tu carabina mientras estés en Zuran.

¡Su carabina!

–Tengo veintiocho años y no necesito una carabina –le dijo apretando las mandíbulas.

–Eres una mujer soltera y vives bajo el techo de un hombre soltero. Hay gente que, después de haber leído el artículo, va a pensar mal de ti.

–¡De mí, sí, pero de ti no, claro!

–Yo soy un hombre, así que es diferente –contestó Xavier encogiéndose de hombros.

Mariella tuvo que contener su ira femenina, ya que temía que, de llevarle la contraria, Xavier le quitara a la niña.

Tardó menos de media hora en recoger sus cosas y lo hizo bajo la atenta y peligrosa mirada de Xavier.

Cuando terminó, fue a tomar a Fleur en brazos, pero Xavier se le adelantó.

Sus miradas, una gris y la otra azul, se encontraron con fuerza.

La limusina que los estaba esperando era tan lujosa como la que el príncipe le había enviado, pero a Mariella le sorprendió que no hubiera chófer y la condujera Xavier.

Se le hacía difícil asociarlo con un coche tan ostentoso, dada la vida tan austera que parecía llevar.

Sin embargo, había descubierto que, bajo su fachada fría y calculadora, existía una pasión abrasadora que resultaba devastadora precisamente porque intentaba controlarla.

No tardaron mucho en llegar a su mansión, pero esta vez las verjas estaban abiertas y avanzaron por el camino de gravilla flanqueado por palmeras.

La villa era de proporciones elegantes diseño sencillo e inspiración morisca. Aunque no lo habría reconocido nunca, como artista, a Mariella le encantó.

Xavier pasó con el coche, salió de él y le abrió la puerta.

En ese momento, apareció un criado que se ocupó de su equipaje y una tímida jovencita llamada Hera y que Xavier le dijo que iba a ser la niñera de Fleur.

Sonriente, se la entregó a la joven antes de que a Mariella le diera tiempo de decir nada.

La niñera sabía cómo agarrar a la niña, pero aun así Mariella no pudo evitar sentir una punzada de dolor al ver a su sobrina en manos de otra mujer.

—Fleur no necesita una niñera —se apresuró a decirle a Xavier—. Yo me puedo ocupar de ella perfectamente.

—Supongo que sí, pero es costumbre entre los que nos lo podemos permitir tener niñeras para que los niños no interfieran en nuestro trabajo. Hera es la hija mayor de su familia y su madre se acaba de quedar viuda. ¿Quieres privarla de la oportunidad de ayudar en su casa solo porque te asusta que otra persona pueda estar cerca emocionalmente de Fleur?

Mientras hablaba, la condujo al interior de la mansión. Su astuta contestación había tomado a Mariella por sorpresa y no supo qué decir, así que se limitó a entrecerrar los ojos para acostumbrarse a la oscuridad del interior.

Xavier se apresuró a tomarla de la cintura pues se había mareado y había perdido el equilibrio.

Mariella se dijo que habría sido precisamente a causa del cambio de luz entre el interior y el exterior, pero lo cierto era que el hecho de Xavier la estuviera tocando no la ayudaba en absoluto.

Confusa, recordó ciertas imágenes: Xavier nadando desnudo, Xavier tumbándose sobre ella en la cama, Xavier besándola hasta hacer que lo necesitara tanto, que le dolía todo el cuerpo…

¿Necesitarlo? No, no necesitaba a Xavier. Jamás lo necesitaría. Jamás.

Mariella se apartó de él y vio que la estaba mirando con frialdad.

–Tienes que tener cuidado, no estas acostumbrada a nuestro clima. A finales de mes, la temperatura será de un cuarenta grados y tienes la piel muy clara. Tienes que beber mucha agua, y lo mismo te digo para Fleur.

–Gracias, pero sé lo que tengo que hacer para no deshidratarme –contestó Mariella con desprecio–. Soy una adulta, no una niña, y sé cuidarme perfectamente. Llevo haciéndolo mucho tiempo.

La mirada que le dedicó Xavier la hizo sentir como si le hubieran arrancado el corazón.

–Sí, debió de ser duro perder a tu madre y a tu padrastro después de haber perdido a tu padre a tan temprana edad…

–No, a mi padre no lo perdí –contestó Mariella con amargura–. Abandonó a mi madre porque no quería hacerse responsable de mí. Nunca fue un padre de verdad y a mi madre le rompió el corazón…

–Mis padres murieron cuando yo era un adolescente en un trágico accidente, pero tuve la suerte de tener a mi abuela, que me ayudó mucho. Sin embargo, como ambos sabemos, crecer sin padres te hace desarrollar cierta independencia y estar siempre a la defensiva.

Mariella se dio cuenta de que Xavier estaba eligiendo sus palabras con cuidado, como si estuviera intentado decirle algo, pero se interrumpió cuando Hera se reunió con ellos con Fleur en brazos.

–Hera te acompañará a tus aposentos. Mi tía no tardará en llegar.

Se había girado y se estaba alejando, así que a Mariella no le quedó más remedio que seguir a la tímida jovencita.

La mansión era mucho más grande de lo que había imaginado. Tras diez minutos de cruzar enormes salones de recepción, Mariella seguía detrás de la niñera. Subieron unas escaleras y dieron a una deliciosa galería en la que corría una estupenda brisa y desde la que se apreciaba un maravilloso jardín con piscina.

–Es el jardín privado del jeque Xavier –susurró Hera al darse cuenta de que Mariella estaba mirando hacia abajo–. Nos está prohibido entrar en él; las mujeres de servicio entramos por otra parte de la casa.

–Dame a Fleur –le indicó Mariella recuperando a su sobrina y apretándola contra si con cariño.

La niñera abrió otra puerta y entraron en otra galería que daba a otro jardín de inmaculadas rosas.

–Este es el jardín de los abuelos del jeque. Su abuela es francesa, las rosas se traen de Francia y ella misma supervisa su plantación.

Observando la rigidez y precisión del jardín, Mariella se dio cuenta de que aquella mujer debía de ser extremadamente orgullosa.

¡Obviamente su nieto tenía a quién parecerse!

Al llegar a los aposentos de las mujeres Mariella se dio cuenta de que eran mucho más bonitos de lo que esperaba. También contaban con un patio que daba a un pequeño jardín impecablemente cuidado, lleno de flores y con varias fuentes.

Pasaron por varios dormitorios adornados con elegantes muebles dentro de los cuales habías salas de baño lujosas y vistosas.

Uno de ellos tenía vestidor, comedor y salón y sus muebles eran franceses, así que sospechó que debía de tratarse del alojamiento de la abuela de Xavier.

Además, en las estanterías que había junto a la chimenea había libros en cuyos lomos se podían leer autores de origen francés.

—El jeque me ha dicho que le gustaría a usted que la niña estuviera en la habitación contigua a la suya —dijo Hera—. Ya ha dado orden para que traigan todo lo que va a necesitar Fleur. ¿En qué habitación le gustaría a usted alojarse?

Mariella tuvo la tentación de contestar que en ninguna, que lo que en realidad quería era irse de allí inmediatamente, pero no le pareció justo pagar su ira con la niñera, así que echó un vistazo a las cuatro habitaciones siguientes y eligió una.

Eligió la más sencilla, la de paredes claras y muebles simples. Tenía acceso privado al jardín y a la piscina y un asiento cerca del agua para observar el suave movimiento de la superficie.

—¿Esta?

Mariella asintió y Hera sonrió.

—El jeque va a estar encantado, esta era la habitación de su madre.

¡La habitación de la madre de Xavier!

Ya era demasiado tarde para cambiar de parecer.

—¿De dónde era? —le preguntó a Hera.

—De aquí, era un miembro de la tribu… El padre del jeque la conoció en un viaje y se enamoró de ella inmediatamente…

En ese momento Fleur comenzó a llorar porque tenía hambre y Mariella recordó que debería ocuparse de su sobrina y no de la familia de Xavier.

Capítulo 8

MARIELLA se quedó mirando preocupada su teléfono móvil.

Era la cuarta vez que intentaba ponerse en contacto con Tanya desde su llegada a casa de Xavier, pero su hermana seguía teniendo el teléfono desconectado y el contestador activado.

Le había dejado un mensaje diciéndole dónde estaba y pidiéndole que la llamara cuanto antes. Se dio cuenta de que llevaba varios días sin hablar con ella y, de repente, sintió miedo.

¿Y si le hubiera ocurrido algo?

Rápidamente, Mariella hizo lo necesario para conseguir el teléfono de la empresa propietaria del barco en el que viajaba Tanya.

—¿Con quién hablo, por favor? –le preguntó el hombre que le contestó tras haberle preguntado por su hermana.

—Soy la hermana de Tanya –contestó Mariella.

—Entiendo. Bien, resulta que Tanya ha abandonado el barco.

—¿Cómo? ¿Dónde? ¿Por qué?

—Lo siento, no puedo darle detalles, solo le

puedo decir que se fue por propia voluntad y sin advertírnoslo.

¡Por el tono de su voz, Mariella comprendió que el hombre no estaba muy contento con el comportamiento de su hermana!

Tras agradecerle su ayuda, Mariella colgó y miró a Fleur, que estaba completamente dormida.

Tal y como Hera le había dicho, Xavier había comprado de todo para la pequeña y, como Mariella había comprobado, todos los artículos eran mucho más caros y buenos de lo que Tanya o ella podían permitirse.

¡Tanya! ¿Dónde estaría su hermana? ¿Por qué se habría ido del barco y por qué no le devolvía las llamadas?

Tenía que hablar con ella y contarle lo que estaba sucediendo.

Aunque su hermana era impulsiva y hedonista, amaba a su hija por encima de todo, y Mariella no entendía por qué no llamaba para interesarse por su estado.

Si fuera su hermana, llamaría a todas horas todos los días.

Claro que, si fuera su hermana, no se habría ido a trabajar al barco, pero Tanya había elegido ser independiente económicamente y tenía que conseguirlo de alguna manera. ¡Bastante mérito tenía!

Se quedó mirando a Fleur mientras la pequeña dormía y se dio cuenta de que el deseo de tener un hijo era cada vez más fuerte.

¡Cuando había decidido no dejar que un hombre le hiciera daño jamás, no había pensado en ese tipo de complicaciones!

Xavier frunció el ceño mientras se paseaba por su estudio.

Había recibido un montón de faxes y en todos se le informaba de lo mismo: no habían visto a su primo en ninguno de sus lugares favoritos.

¿Dónde demonios se había metido Khalid?

Xavier estaba empezando a sospechar que su primo no le había dicho nada de Fleur adrede. ¿Lo habría hecho para escapar a sus obligaciones o para proteger a la niña y a su madre?

Khalid debía de saber que, aunque él no aprobara a la madre, no habría dudado un segundo en disponer lo que fuera necesario para que la niña estuviera bien.

¿No sabía acaso que habría pagado todos sus gastos? Sí, claro que lo sabía, por eso precisamente le había escrito una carta informándolo de su paternidad.

Se arrepentía profundamente de haber creído que Mariella era la madre de Fleur. La información que el príncipe le había dado sobre ella le había dejado muy claro hasta qué punto se había equivocado con ella.

Mariella era una joven capaz e independiente que se mantenía a sí misma con lo que ganaba y ayudaba a su hermana con su hija. No había rastro de que no hubiera llevado una vida decente.

No había nada oculto, ningún secreto. Todos

los que habían tratado con ella no tenían más que buenas palabras.

Y él, que se preciaba de ser un hombre que sabía identificar la catadura moral de las personas en cuanto las conocía, se había equivocado completamente con ella.

Era cierto que lo había engañado porque no le había dicho que no era la madre de la niña, pero aun así...

Se había comportado con ella de forma cruel. Si le hubieran contado lo mismo de otro hombre, lo habría denunciado y condenado inmediatamente.

¡No había excusas! Se había comportado como un auténtico canalla y de nada servía intentar reconfortarse diciéndose que había sido por el bien de Khalid.

¿No era acaso cierto que la última persona en la que pensó cuando se acostó con ella había sido su primo? ¿No era acaso cierto que se había dejado llevar y consumir por el deseo?

No había explicación lógica para lo que había hecho. ¿Se habría vuelto loco? ¡Y para colmo la había obligado a quedarse en su casa!

Por supuesto, debía disculparse.

Mariella era una mujer que había demostrado lo fuerte y responsable que era, una mujer que era evidente que se desviviría por sus hijos cuando los tuviera...

Xavier se había jurado a sí mismo no casarse por miedo a un matrimonio que fuera mal, pero, ¿no sería mejor ofrecerle a Mariella la protección de una boda que exponerla a la crueldad de los rumores?

«Ya está protegida con mi tía», se recordó.

¡Si seguía pensando así, al final, iba a acabar creyendo que de verdad se quería casar con ella y volverla a meter en su cama para acabar lo que habían dejado a medias!

Enfadado, se volvió hacia la máquina de fax, que estaba escupiendo otra hoja de papel.

–Bueno, ya estoy aquí. Xavier me ha dicho que tengo que acompañarte a todas partes mientras estés pintando, ¿no?

–Bueno, no exactamente –contestó Mariella.

Era imposible que no le cayera bien aquella mujer vivaz y simpática que había llegado hacía media hora acompañada por montones de maletas y su doncella.

–No estoy trabajando en el palacio, sino en el lugar donde se van a emplazar las nuevas cuadras y, para ser sincera, no estoy de acuerdo con Xavier…

–¿Estar de acuerdo? Siento decirte, *chérie*, que aquí en Zuran no hay más remedio que acostumbrarse a las tradiciones de sus gentes –le explicó–. Todavía recuerdo lo difícil que me resultó a mí acostumbrarme, pero… Me vine a vivir aquí tras la muerte de mi esposo. Para entonces, mi hermana llevaba ya muchos años casada con el abuelo de Xavier, ¿sabes? Ahora, vivo entre Zuran y París. Por cierto, la niña es de Khalid,

¿no? –añadió cambiando de tema de repente–. Es un hombre encantador, pero muy débil de carácter. Por suerte, Xavier se ocupa de él y se muestra muy indulgente. Como probablemente ya sabrás, Xavier no tiene intención de casarse y quiere que la descendencia de su primo herede el trono, lo que es una locura…

–¿No tiene intención de casarse? –se encontró preguntando Mariella.

–Eso dice. La muerte de sus padres lo afectó mucho. Lo pilló en una edad muy impresionable y mi hermana, su abuela, era de la vieja escuela, así que lo educó en la conciencia de la responsabilidad que tenía hacia su pueblo. Ahora, Xavier cree que sus necesidades son más importantes que las suyas propias y que no puede arriesgarse a casarse con una mujer que no entienda su deber y la importancia de su papel. Menuda tontería, pero, bueno, ya sabemos cómo son los hombres… Les encanta creer que son el sexo fuerte, pero nosotras sabemos que no es así, ¿verdad? Desde luego, se ve que tú eres una mujer muy fuerte –añadió–. Vas a echar de menos a la niña cuando se la tengas que devolver a su hermana –concluyó pensativa.

Debido a la velocidad con la que hablaba y lo perceptiva que era, Mariella estaba empezando a marearse.

–Veo que no has querido hospedarte en la habitación de mi hermana. Una elección muy afortunada por tu parte, te lo digo sinceramente. ¡Nunca entendí por qué se empeñó en recrear el piso de mis padres en la Avenue Foche aquí! Así era Sophia, ¿sabes? Era la hermana mayor y tenía una voluntad de acero mientras que yo... Según mi hermana, estaba demasiado consentida –sonrió–. No te habría caído bien –añadió sorprendiendo a Mariella con su sinceridad–. En cuanto te hubiera conocido, habría empezado a planear tu boda con Xavier. ¿No me crees? Te aseguro que es cierto. ¡Habría visto inmediatamente lo perfecta que eres para él!

¿Ella? ¿Perfecta para Xavier?

–¡Yo tampoco tengo intención de casarme jamás! –exclamó Mariella intentando no enfadarse demasiado.

–¿Lo ves? ¡Es obvio que Xavier y tú tenéis muchas cosas en común! Pero yo no soy mi hermana. Yo no me meto en las vidas de los demás, te lo aseguro. Y dime, ¿por qué has decidido no casarte? En el caso de Xavier está claro que es por el temor que le inculcó mi hermana de que no iba a encontrar a una mujer con la que compartir su infinito compromiso hacia su pueblo. ¡Tonterías! Cuando era jovencito, lo mandó a Francia con la esperanza de que encontrara esposa entre las chicas de nuestro círculo. No se dio cuenta de que aquellas chicas no tenían ningún interés en salir de París. ¡La idea de tenerse que venir al desierto con la tribu era para ellas inconcebible!

Mariella la miraba absorta.

–Xavier necesita una esposa que comprenda y ame a su pueblo con la misma pasión que él y que lo ame a él con más pasión todavía porque, como estoy segura de que ya sabrás, es un hombre muy apasionado.

Mariella se preguntó qué había querido decir aquella mujer con semejante comentario, pero al mirarla vio en su rostro una expresión inocente.

Lo que *madame* Flavel le estaba contando estaba consiguiendo despertar en ella curiosidad e interés.

–Ha mencionado usted a la tribu y el compromiso de Xavier hacia ella, pero no sé realmente… –dijo dubitativa.

–¿No? Es muy sencillo. El pueblo de Xavier tiene una forma de vida única. Su abuelo se pasó toda la vida preservando su tradición nómada y su padre habría hecho lo mismo si no hubiera muerto. Por otro lado, también animan a los miembros que quieran a integrarse en la sociedad moderna y llevar una vida más actual. Para ello, todos los niños y niñas nacidos en la tribu tienen derecho a una educación digna y a un buen trabajo a cambio de comprometerse a viajar una parte del año con el resto de los integrantes de la tribu, viviendo de forma nómada y según las tradiciones ancestrales de su pueblo. Algunos eligen vivir siempre así y esos son los más respetados incluso por los que han salido del país y se han convertido en destacados empresarios. Dentro de la tribu, el respeto no se gana por el dinero o la posición social, sino por preservar la forma de vida original de su pueblo.

Mariella seguía con interés lo que la tía abuela de Xavier le estaba contando.

–Xavier tiene un doble papel. Por un lado, debe asegurarse de que el dinero que dejó su abuelo genere suficientes beneficios como para que la tribu pueda vivir y, por otro, debe ganarse el respeto de la propia tribu viviendo como antes. Sabe desde pequeño que debe desempeñar ese doble papel y lo hace con gusto. Sin embargo, a mí me parece que ha elegido un camino muy solitario para recorrerlo sin compañía femenina.

Mariella no dijo nada.

Lo que había oído la había tocado muy dentro. El Xavier que aquella mujer le había descrito era un hombre de sentimientos y creencias muy arraigados, un hombre al que en otras circunstancias habría respetado y admirado.

–*Madame*, le aseguro que no hace falta que se quede conmigo –insistió Mariella estudiando el largo pasillo que iba a ser su lienzo.

Fleur estaba en su sillita jugando y Mariella había colocado frente a ella en un atril las fotografías que el príncipe le había dado de sus caballos.

–Precisamente para estar contigo es para lo que Xavier me ha hecho venir –contestó la mujer impertérrita.

–Se va usted a aburrir ahí sentada viendo cómo trabajo –protestó Mariella.

–Yo nunca me aburro. Me he traído la labor y el periódico y Ali vendrá dentro de un rato a buscarnos para llevarnos a casa a comer y a dormir una siestecita.

Mientras comenzaba a trabajar con el carboncillo, Mariella pensó que ella no tenía ninguna intención de perder el tiempo durmiendo siestecitas, pero no dijo nada.

Ya tenía claro en la cabeza cómo quería que fuera el friso y, en pocos minutos, estaba completamente absorta en lo que estaba haciendo.

Había decidido que los caballos no iban a tener detrás la pista de carreras, sino algo que esperaba que gustara mucho más a los que lo vieran.

Iba a pintar a los caballos rodeados de las olas del mar ya que para aquella gente el agua era un elemento muy importante en sus vidas. Esperaba que les gustara la idea. Desde luego, al príncipe le había entusiasmado.

Hasta que no le empezaron a doler los dedos no se dio cuenta del tiempo que llevaba trabajando sin parar.

Madame Flavel se había quedado dormida en la cómoda hamaca que Ali le había llevado y sus suaves ronquidos habían hecho que Fleur se durmiera también.

Sonrió a su sobrina y bebió agua.

¿Dónde estaría Tanya? ¿Por qué no se habría puesto en contacto con ella?

—Madre mía, ¿ya es la hora de comer? —preguntó *madame* Flavel al despertarse.

Mariella habría preferido quedarse trabajando y no volver a casa de Xavier, pero sabía que *madame* Flavel era muy mayor y no le pareció bien tenerla allí demasiado tiempo, así que recogió sus cosas y se marcharon.

Capítulo 9

A MEDIDA que fue avanzando la semana, a Mariella cada vez se le hacían más cuesta arriba aquellos intermedios forzados en su trabajo.

—Me preocupa sobremanera que estés tan decidida a no casarte, *chérie* —le estaba diciendo *madame* Flavel—. ¿Has tomado esa decisión porque has tenido al desengaño amoroso?

—Más o menos —contestó Mariella

—Te rompió el corazón, ¿eh? Pero eres joven y los corazones rotos se curan…

—No fue a mí, sino a mi madre —la interrumpió Mariella—, y no se le curó el corazón ni siquiera cuando se enamoró de mi padrastro, que era un hombre maravilloso, y se casó con él. Mi madre creyó en mi padre, lo creyó cuando le dijo que la quería, pero le estaba mintiendo. Confió en él y él se lo pagó abandonándonos.

—Comprendo. Así que, como tu padre hizo sufrir horriblemente a tu madre, has decidido no confiar en ningún hombre, ¿verdad? No todos los hombres son como tu padre, *chérie*.

—Puede que no, pero no estoy dispuesta a

arriesgarme –le aseguró Mariella–. No quiero verme jamás tan vulnerable como mi madre. Jamás.

–Lo dices con la boca pequeña porque me temo que ya te has visto en esa situación –aventuró *madame* Flavel.

Mariella se alegró de que llegara Ali y aquella conversación que estaba empezando a resultarle incómoda terminara.

Eran las dos de la tarde y *madame* Flavel estaba durmiendo su habitual siesta.

Mariella se paseó nerviosa por el jardín. Tenía ganas de seguir trabajando, así que entró, agarró a Fleur y se fue.

Ali no dijo nada cuando le comunicó que quería volver a las cuadras y se limitó a acompañarla al coche.

Al salir, Mariella sintió el aire tórrido como el de un gran secador.

Menos mal que el coche tenía aire acondicionado y las cuadras también. En cuanto Ali se fue, Mariella comenzó a trabajar.

Estaba subida a un andamio móvil que habían puesto para que pudiera llegar a la parte alta del muro y, de vez en cuando, paraba de trabajar para mirar hacia abajo a ver qué tal estaba Fleur.

Tenía la garganta seca y le dolía la mano, pero no quería parar. Ya veía al animal terminado con las crines al viento y las olas detrás.

Se dio cuenta de que se había abierto una

puerta y de que alguien había entrado, pues Fleur emitió una serie de sonidos de júbilo.

Mariella siguió trabajando con presteza. Quería plasmar en la pared la imagen que tenía de aquel caballo en la mente. Era el ejemplar más orgulloso y fuerte, así que había que pintarlo en actitud altiva, no dejar que el mar del que salía le hiciera competencia.

Fleur estaba hablando en su lenguaje de bebé y reía de vez en cuando. Mariella estaba completamente concentrada en lo que estaba haciendo.

Entonces, cuando estaba terminando, algo instintivo le hizo girar la cabeza.

Para su sorpresa, se encontró con Xavier mirándola.

—Xavier…

Dio un paso adelante, pero se dio cuenta de que estaba en el andamio.

—¿Qué haces aquí? —le preguntó secamente para disimular su reacción hacia él.

—¿Te das cuenta de lo preocupada que está Cecille porque has desaparecido sin decir nada? —contestó él igual de seco.

Mariella desvió la mirada. Apreciaba sinceramente a su tía abuela y la idea de haberla molestado le preocupaba de verdad.

—Perdón —se disculpó—. Verás, le prometí al príncipe tener el proyecto terminado cuanto antes y tu tía es muy mayor. Necesita descansar después de comer, pero yo tengo que seguir trabajando porque, si no, no voy a terminar a tiempo.

Tienes que entender que yo también tengo que cuidar mi imagen.

–¿Y por qué no me lo has dicho en lugar de comportarte como una niña pequeña esperando a que mi tía se diera la vuelta para salir corriendo?

Mariella frunció el ceño. Lo que estaba diciendo Xavier tenía sentido. Tanto sentido que, de hecho, si alguien los estuviera escuchando, le habría preguntado lo mismo.

–Tu comportamiento hacia mí me lo ha impedido –contestó sinceramente–. No creía que fueras a querer… cooperar –reconoció bajando del andamio.

–Aunque ella no quiera reconocerlo, mi tía es mayor, sí –dijo Xavier, añadiendo algo en voz baja que Mariella no captó–. Ten cuidado… no te vayas a…

Como si sus palabras hubieran sido una premonición, el andamio eligió ese momento para moverse y Mariella estuvo a punto de caerse.

Se habría caído si no hubiera sido porque Xavier la agarró y lo impidió.

Mariella sabía que el incidente había sido culpa suya por haber pasado demasiadas horas en la misma postura sin estirar los músculos doloridos.

Creyó que Xavier iba a aprovechar la oportunidad para echarle en cara que necesitaba que siempre hubiera alguien con ella, pero no fue así.

Se limitó a seguir sujetándola de la cintura, lo que hizo que Mariella sintiera un increíble calor por todo el cuerpo.

Mareada, cerró los ojos para intentar bloquear

el efecto que su proximidad estaba teniendo sobre ella, pero, para su consternación, no lo consiguió.

Fue aún peor porque lo único que ocurrió fue que recordó lo que había pasado entre ellos y se puso a temblar.

—Mariella, ¿qué te pasa? ¿Te encuentras mal?

—No, estoy bien —contestó abriendo los ojos.

Al hacerlo, no pudo evitar fijarse en su boca. No podía apartar la mirada de sus labios.

Se dio cuenta por su repentino silencio de que Xavier se había dado cuenta de lo que estaba haciendo, pero las campanas que debían de haber sonado estrepitosamente para alertarla del peligro quedaron acalladas por el deseo que rugía en el interior de su cuerpo.

Nada en el mundo habría conseguido apartarla en aquellos momentos de él, sobre todo porque Xavier había pasado de agarrarla de forma simplemente protectora a hacerlo de manera más que sensual.

Vio el deseo en sus ojos, que se dirigieron también hacia su boca. Sin pensarlo, como llevada por el instinto, se encontró mojándose los labios con la punta de la lengua.

Estaba temblando de pies a cabeza y sentía oleadas de escalofríos por la espalda que la hicieron acercarse a él.

Vio que a Xavier le temblaba un músculo en la mandíbula y alargó la mano para acariciarle la cara.

—¡Mariella!

Lo vio estremecerse y tomar aire con dificultad. Su cuerpo se apretó instintivamente contra el de él.

Sus labios se tocaron, pero no como ella lo recordaba.

Nunca haba pensado que pudiera haber tanta dulzura en un beso, tanta ternura y pasión. Mariella sintió deseos de dejarse llevar, de sumergirse en aquellas sensaciones, pero Xavier oyó que alguien se acercaba y la apartó.

Mientras él hablaba con Ali, el conductor, Mariella se tocó los labios con la mano como si no pudiera creer lo que acababa de ocurrir.

Había querido que Xavier la besara. De hecho, seguía queriéndolo, pero eran enemigos, ¿no?

Se dio cuenta de que le estaba hablando y de que tenía que recobrar la compostura, pero sentía que se ahogaba de pánico.

–Tenemos que volver a casa inmediatamente –anunció Xavier.

El pánico dio paso a la preocupación.

–¿Qué ha ocurrido? ¿Le ha pasado algo a tu tía?

Mariella comenzó a recoger sus cosas, pero Xavier se lo impidió.

–Déjalo –le aconsejó tomando a Fleur en brazos.

Era obvio que estaba ocurriendo algo grave, así que Mariella no discutió y lo siguió. ¿Y si le había pasado algo a *madame* Flavel por su culpa? ¡Jamás se lo perdonaría!

Xavier iba tan rápidamente, que casi tenía que correr para ir a su paso.

Volvieron a casa en silencio; Mariella cada vez estaba más nerviosa. Para cuando entraron, tenía náuseas.

–Ven conmigo –le dijo de forma cortante Xavier.

«Por favor, que Cecille esté bien», rezó Mariella en silencio.

Corrió tras él hacia el gran salón en el que sabía que recibía a las visitas de negocios. Para su desconcierto, había dos criados uniformados, uno a cada lado de la puerta. Aquello no hizo más que añadir gravedad a la situación.

La expresión de Xavier era tan seria, que le recordó la primera vez que lo había visto, lo que la hizo estremecerse.

Mariella iba absorta en sus pensamientos y no esperaba que Xavier se parara para dejarla entrar primero, así que se chocó contra él.

Con una expresión que no supo entender, Xavier la tomó de la mano e hizo ademán de que se colocara a su lado.

Mariella dudó un momento, pero finalmente aceptó. Xavier asintió a los criados y estos abrieron las enormes puertas del salón.

Era una estancia majestuosa de cuyas paredes colgaban antiguas alfombras de seda. Las velas de los candelabros, que según le había explicado Cecille habían sido un diseño de su hermana, la deslumbraron, pues se reflejaban en los objetos dorados del salón y multiplicaban su brillo.

Desde luego, el salón era elegante y tenía un reconocible aire francés.

Era una estancia diseñada para impresionar al visitante y así era precisamente cómo se sentía Mariella.

Cuando sus ojos se ajustaron a tanta luz, se dio cuenta de que había dos personas junto a la inmensa chimenea de mármol. Estaban agarradas de la mano y miraban a Xavier con aprensión.

Mariella no podía creer lo que estaba viendo.

–Tanya –musitó sorprendida al reconocer a su hermana.

Su hermana estaba bronceada e iba vestida con un conjunto que debía de costar una fortuna. Llevaba el pelo peinado de forma diferente y se había puesto reflejos rubios. Su aspecto, desde las uñas de los pies, perfectamente pintadas, al último pelo de la cabeza, era maravilloso.

El hombre que estaba a su lado era más bajo que Xavier y más fuerte. Mariella asumió inmediatamente que se trataba de Khalid, el padre de Fleur.

–Khalid –dijo Xavier secamente, yendo hacia su primo–. Supongo que esta es…

–Mi mujer –lo interrumpió el joven–. Tanya y yo nos casamos hace tres días.

–De verdad, Mariella, no sabes lo que fue llegar a Kingston y encontrarme a Khalid subiendo a bordo. Al principio, no quise ni hablar con él, pero insistió tanto que una cosa llevó a la otra.

Habían pasado menos de veinticuatro horas desde que Mariella se había enterado de que su hermana se había casado y Tanya le estaba poniendo al tanto de lo ocurrido.

Estaban sentadas en el jardín de la parte femenina de la casa y Fleur jugaba encantada en el césped.

–¿Por qué no me lo contaste cuando te llamé? –preguntó Mariella.

Tanya la miró avergonzada.

–Porque no sabía lo que iba a pasar –contestó–. Cuando me llamaste, no me había casado. Khalid se había presentado allí y se estaba comportando muy bien, me había jurado que me quería y que se arrepentía de lo que había hecho, pero… No sé, luego me dejaste un mensaje diciéndome que estabas aquí con Xavier y temí que le dijeras algo y que nos volviera a separar.

–¿Te haces una idea de lo preocupada que estaba por ti?

Tanya se ruborizó.

–Esperaba que creyeras que tenía mucho trabajo y estaba muy ocupada. No pensé en ningún momento que estuvieras preocupada, de verdad…

–Tanya, no me llamaste en días para preguntar cómo estaba Fleur. Claro que estaba preocupada.

–Sabía que estaba perfectamente porque estaba contigo –le aseguró su hermana–. Oí tus mensajes, por supuesto, pero necesitaba tiempo para estar con Khalid y… por favor, Ella, no te enfades conmigo. Tú nunca has estado enamorada, así que no lo entiendes. Cuando Khalid me dejó, sentí que me quería morir. Yo no soy como tú. Yo necesito amar y que me amen. No creo que pueda perdonar jamás a Xavier por lo que nos hizo.

–Xavier no obligó físicamente a Khalid a abandonaros a la niña y a ti, Tanya –le advirtió Mariella en tono casi cortante.

–¿Cómo puedes defenderlo, Ella? –contestó Tanya indignada–. Amenazó a Khalid con dejar de pasarle su paga. Habría dejado que Fleur y yo nos muriéramos de hambre.

–Eso no es cierto, Tanya –la corrigió Mariella–. Ni justo.

Mariella opinaba que Khalid era débil y cómodo, y había antepuesto sus necesidades a las de su novia y la hija de ambos, pero no dijo nada, pues vio que su hermana estaba al borde de las lágrimas.

No quería discutir con ella, pero no le gustaba la poca responsabilidad que Tanya había demostrado hacia su hija. En su opinión, su hermana también había actuado de forma egoísta, como su marido.

–¡Ahora estamos casados y Xavier ya no puede hacernos nada! ¡Y lo mejor es que lo sabe!

Mariella sabía que no era cierto, que Xavier podría cumplir su amenaza y dejar de mantener a Khalid, incluso echarlo del trabajo que le había procurado, pero también sabía, porque se lo había dicho Cecille, que no lo había hecho por la niña.

–¿Y sabes qué? –dijo Tanya muy emocionada–. Khalid quiere que nos vayamos de luna de miel varios meses. Nos vamos a llevar a Fleur, por supuesto, y cuando volvamos nos quedaremos a vivir aquí en Zuran, claro, pero Khalid me ha prometido que vamos a viajar todo lo que podamos. ¡También me ha dicho que vamos a tener una mansión y que voy a poder decorarla como quiera! Por cierto, ¿te he enseñado mi anillo de pedida? ¡Mira! ¿A que es precioso?

—Precioso —contestó Mariella admirando el enorme solitario que lucía Tanya en la mano.

—No te puedas ni imaginar lo feliz que soy, Ella —suspiró su hermana—. Muchas gracias por haber cuidado de mi hija tan bien. Cuánto te he echado de menos, cariño —añadió besando a Fleur—. Tu padre y yo estamos deseando tenerte entera para nosotros.

Al oír aquello, Mariella sintió un hondo pesar, pero no dijo lo mucho que iba a echar de menos a Fleur porque no quería estropear la felicidad de su hermana.

—Parece que todo va a ir bien —dijo forzando una sonrisa—. ¿Cuándo os vais?

—¡Mañana! —contestó Tanya—. Khalid lo tiene todo preparado ya, pero quería pasar por Zuran a decirle a Xavier que nos habíamos casado y a recoger a Fleur, por supuesto.

—Por supuesto —asintió Mariella.

—Ella, muchísimas gracias por haber cuidado de Fleur. Los dos te estamos muy agradecidos, ¿verdad, Khalid? —dijo Tanya.

–Sí, claro que sí –contestó el cuñado de Mariella.

Tenía a la niña en brazos, pues no se quería separar de ella hasta que no fuera estrictamente necesario y eso no iba a suceder hasta que Tanya y su marido no se hubieran despedido de *madame* Flavel y de Xavier.

Tanya seguía comportándose con Xavier muy fría y solo le hablaba cuando no le quedaba más remedio.

–Cariño, ¿te importa llevarte a Fleur al coche? –le indicó a su marido.

Mariella sintió una gran aprensión cuando Khalid agarró a la niña, que al no estar acostumbrada a él todavía, se puso a llorar.

Khalid se apartó enfadado.

–Trae, dámela –dijo Xavier tomándola de brazos de Mariella.

La niña le sonrió y dejó de llorar al instante.

Con el rabillo del ojo, Mariella vio que su hermana iba a decir algo desagradable a Xavier porque le había dado rabia que su hija estuviera más a gusto con él que con su padre, pero no lo hizo porque Khalid le dijo que se dieran prisa.

Fueron todos hasta el coche y, una vez acomodada dentro, Tanya le tendió los brazos a Xavier para que le diera a la niña, pero él se la dio a Mariella.

Sorprendida y, al borde de las lágrimas, Mariella se dio cuenta de que Xavier se había percatado del trance por el que estaba pasando y había querido que la tuviera en brazos una vez más antes de separarse de ella.

Le dio un beso y se apresuró a devolvérsela a su hermana.

Cuando el coche se puso en marcha y se alejó, Mariella les dijo adiós con la mano, pero ya casi no los veía, pues las lágrimas le nublaban la vista.

–Vamos dentro –le indicó Xavier.

Mariella no sabía si se habría dado cuenta de que estaba llorando, pero él no hizo ningún comentario.

–Me iré en cuanto pueda –le informó tomando aire una vez dentro.

–¿De qué diablos estás hablando? –le preguntó Xavier–. La situación no ha cambiado. Sigues siendo soltera y, como miembro de mi familia, tu lugar está aquí, bajo mi techo y mi protección. Esta será tu casa mientras estés en Zuran –concluyó.

Mariella abrió la boca para rebatírselo, pero la cerró.

Se dijo que el sentimiento de alivio que la acababa de embargar al oír sus palabras era producto de la inmensa pena que había sentido al separarse de Fleur.

¡No tenía nada que ver con... otras cosas! ¡Claro que no!

Mariella estaba soñando que estaba una habitación que no conocía, estaba tumbada en una cama enorme llorando por Fleur y, entonces, se abría la puerta de repente y entraba Xavier, que se sentaba a su lado y la tomaba de la mano.

—Estás llorando por la niña —le decía amablemente—, pero no debes hacerlo. Te voy a dar un niño para ti sola, ya verás. ¡Será nuestro!

En ese momento, ella lo miraba con curiosidad y él comenzaba a tocarla con maestría por debajo de las sábanas.

La besaba con ternura al principio para pasar a continuación a hacerlo con verdadera pasión. Mariella sentía que le temblaba el cuerpo entero de excitación.

¡No solo por el hijo que le había prometido, sino por él mismo!

Le acariciaba los pechos mirándola a los ojos y, hablando maravillas de su cuerpo desnudo, le confesaba lo mucho que la deseaba.

Se inclinaba entonces sobre sus pezones y jugueteaba con ellos hasta que Mariella acababa clavándole las uñas en la espalda.

Lo desnudaba con premura mientras él no dejaba de acariciarla. Ya estaba en su vientre y seguía bajando. Llegaba a su sexo y allí se recreaba un buen rato haciéndola gozar y gozar.

Mariella dudaba en aquellos momentos si explorar el cuerpo de Xavier o invitarlo a entrar ya en el suyo para sembrar la semilla de su futuro hijo.

Por fin, se decidía por la segunda opción, pero cuando alargaba los brazos para tocarlo, él se apartaba y se iba, dejándola temblando de deseo.

De repente, Mariella se despertó.

Se dio cuenta de que había apartado las sábanas dormida y por eso tenía frío. Sintió lágrimas secas en las mejillas y se dijo que debían de ser por Fleur y no por haber soñado con Xavier.

¡Había soñado que lo amaba y lo perdía!

Sabía que no estaba tan loca como para arriesgarse tanto emocionalmente, pero no podía negar que físicamente la atraía sobremanera.

Furiosa consigo misma, intentó apartar de su cabeza las tórridas imágenes de su supuesto encuentro.

«¡Ya basta!», se dijo con decisión.

¿Por qué estaba pensando aquellas cosas? ¿Dónde la iba a conducir sentir así?

Completamente despierta ya, se levantó y fue hacia la cuna de Fleur. A medio camino se dio cuenta de lo que estaba haciendo.

Lo justo era que la niña estuviera con sus padres, pero se moría por abrazarla. Se moría por tener un hijo, eso era lo cierto.

Cansada, Mariella estiró los agarrotados músculos del cuello y de los hombros mientras se sentaba en la piscina del jardín de las mujeres.

Llevaba dos semanas trabajando sin parar en el friso y se había dado cuenta de que iba a terminarlo mucho antes de lo acordado.

El príncipe había ido a ver los trabajos aquel mismo día y había quedado gratamente impresionado con su obra.

—Es magnífico, colosal —le había dicho entusiasmado—. Realmente, una visión impactante.

—Me alegro de que le guste —había contestado Mariella encantada.

Encantada, sí, pero tan cansada que no había cenado.

Se estaba masajeando el cuello cuando vio entrar a Xavier y se tensó más que durante las horas de trabajo.

—Vengo de ver al príncipe —le dijo—. Quería enseñarme tu trabajo. Está muy impresionado y no me extraña porque es realmente bueno.

Su alabanza la sorprendió tanto que no lo pudo disimular.

—¿Te ha llamado tu hermana para decirte qué tal está Fleur? —añadió.

Mariella negó con la cabeza y, al hacerlo, le dio un tirón en el cuello.

Xavier se dio cuenta de su mueca de dolor y se apresuró a interesarse por ella.

—¿Qué te pasa? ¿Te duele algo?

—No, tengo los músculos un poco tensos —contestó Mariella.

—¿Ah, sí? ¿Dónde?

A Mariella no le dio tiempo a protestar; en unos instantes, estaba sentado a su lado y masajeándole los trapecios con manos expertas.

—No te muevas —le indicó al ver que Mariella se quería apartar—. No me extraña que te duela. ¡Estás trabajando demasiado y, por si eso no fuera poco, te preocupas por todos los que te rodean y dejas que abusen de tu cariño!

Mariella giró la cabeza para mirarlo.

—¡Mira quién fue a hablar! —lo acusó.

Se quedaron mirando a los ojos y Mariella se dio cuenta de que estaba aprendiendo tanto de aquel hombre y de cómo era que le parecía que no tenía nada que ver con el Xavier del desierto.

«No me podido equivocar más con esta mujer. Qué mal la he juzgado», pensó Xavier mirándose en los ojos de Mariella.

Su hermana, por el contrario, sí era lo que esperaba, la típica mujer que le gustaba a su primo. No solo eran exactamente iguales, sino que se merecían el uno al otro, pues eran egoístas y superficiales.

Mariella no era así en absoluto.

Nunca había visto a una mujer que se tomara más en serio sus responsabilidades o que protegiera tanto a sus seres queridos.

Estaba seguro de que, cuando se comprometiera con un hombre, debía de comprometerse en cuerpo y alma, de que, cuando amaba, debía de ser profunda y apasionadamente y para siempre.

—Tu hermana tendría que haberte llamado. ¿No se da cuenta de lo mucho que echas de menos a la niña?

Mariella estaba de acuerdo, pero salió inmediatamente en defensa de Tanya.

—Es su madre. No tiene que consultarme a mí nada relacionado con Fleur. Estas vacaciones son la ocasión perfecta para los tres de unirse como familia. Tanya y Khalid son sus padres y...

–Yo también la echo de menos –la interrumpió Xavier sorprendiéndola–. En mi opinión, habría estado mejor aquí, con gente que la quiere y se preocupa por ella, que en un hotel maravilloso donde probablemente se va a pasar la mayor parte del tiempo en la guardería mientras sus padres se lo pasan bien.

–Estás siendo injusto –le advirtió Mariella.

Xavier seguía masajeándole los trapecios.

–No, estoy siendo sincero –la corrigió–. ¡Te aseguro que, en cuanto vuelvan, voy a hablar con Khalid para dejarle muy claro que Fleur necesita un entorno familiar estable!

«Qué buen padre serías», pensó apresurándose a rechazar los mensajes que su mente le estaba enviando al respecto.

Xavier, como ella, no tenía intención de casarse.

–Tienes los músculos fatal –le comentó pasándole los pulgares por las contracturas.

Era una sensación maravillosa que le estaba ayudando a quitarle el dolor y, sin duda, le sería todavía mucho más útil si no estuviera tan tensa.

Cada vez le estaba costando más controlar la respuesta sexual de su cuerpo ante sus caricias.

Le masajeó la columna vertebral haciéndola estremecerse.

–Mariella –dijo con voz grave y ronca.

Mariella sintió su aliento en la piel y se giró. En ese momento, Xavier se inclinó sobre ella y la besó con fruición. Inmediatamente, Mariella sintió que se derretía de pies a cabeza y que todas las barreras que había intentado poner se desvanecían.

¡Las manos que tan maravillosamente le habían relajado el cuello pasaron a acariciarle por debajo de la bata y allí no había músculos doloridos!

Sintió un intenso deseo que la estaba atormentando.

El suave perfume de la noche quedó reemplazado por el masculino olor de Xavier. Mariella reaccionó y hundió la cara en su cuello para embriagarse de él. Extasiada, le besó el cuello y suspiró de placer.

Sintió su piel firme y caliente, los músculos de su garganta, la curva de sus hombros. Lo oyó gemir al acariciarle un pecho y comprobar que tenía los pezones erectos.

Mariella sintió el frescor de la brisa nocturna cuando Xavier le quitó la bata, que era lo único que llevaba, y se dedicó a torturarla dibujando círculos con la lengua alrededor de sus pezones.

El placer era tan intenso que el cuerpo entero se le tensó. Lo deseaba tanto, que se asustó, pero era tan natural que parecían destinados a estar juntos.

Alargó la mano y le acarició el rostro. Se miraron a los ojos en silencio y la pasión que Mariella vio en los de Xavier la hicieron jadear de anticipación.

Cientos de imágenes eróticas se agolparon en su cabeza al imaginarse cómo iba a ser sentir sus caricias en zonas mucho más íntimas.

Cuando Xavier la apretó contra sí para que sintiera su potente erección, se dio cuenta de que estaba temblando intensamente.

Se moría por sentirlo dentro, pero de momento estaba concentrado en sus pechos y lo estaba haciendo tan bien que la hizo gritar de placer.

A la luz de la luna, Xavier se fijó en su boca y sus pechos y se quedó sin aliento al bajar la mirada y fijarse en las braguitas de algodón.

Al pensar en deslizar la mano bajo la cinturilla e introducirse en su húmedo interior, sintió un escalofrío.

Aquel jardín era el lugar perfecto para compartir con ella una noche de placer, pero estaban en su casa y Mariella era miembro de su familia; no debía tocarla.

Ya tenía la mano sobre su sexo y el pulgar había encontrado el punto que sabía que más placer daba a una mujer.

Mariella no podía más. Quería sentirlo dentro de sí cuando antes y protestó al sentir que dejaba de acariciarla.

–Te debo una disculpa –dijo Xavier– por cómo me he comportado contigo. No sé cómo ha podido volver a ocurrir. Te prometo que no volverá a suceder.

Mientras se ponía en pie y se apartaba de ella, Mariella se preguntó si se lo decía para advertirla y no pudo evitar sonrojarse de pies a cabeza.

No podía pronunciar palabra.

Xavier se estaba yendo por el oscuro jardín

hacia la pequeña puerta que lo comunicaba con el suyo y de la que solo él tenía la llave.

¿Acaso estaba destinada a ser ella también un jardín secreto del que solo él tenía la llave?

Se resistió a aquel pensamiento peligroso e incómodo. Solo había sido sexo, algo físico. No había nada emocional en lo que había sentido.

Nada.

Mientras se paseaba por su habitación, Xavier tomó una decisión.

Dado que no podía estar en el mismo lugar que Mariella porque la deseaba, lo mejor era poner distancia entre ellos, así que lo que debía hacer era volver al desierto.

Capítulo 10

XAVIER se fue hace una semana y sigue en el oasis.

Mariella se forzó a concentrarse en su trabajo en lugar de reaccionar ante el comentario de *madame* Flavel.

El príncipe había vuelto a ir a verla aquella semana y había llevado a su esposa y a sus hijos con él.

Al ver a aquellas cuatro criaturas morenas de ojos oscuros riendo y corriendo, había sentido tantas ansias de ser madre que le había parecido que incluso le dolía el vientre.

Estaba desesperada por tener un hijo y no solo porque echara de menos a su sobrina aunque el nacimiento de Fleur había sido el detonante de la explosión de su reloj biológico.

Había comenzado a entender por qué deseaba tanto a Xavier: ¡Su cuerpo lo había reconocido como el hombre perfecto para hacerle un hijo!

Al darse cuenta de ella, se había tranquilizado pues estaba aterrada ante la idea de que, tal vez, se hubiera enamorado de él.

Menos mal que ya estaba segura de que no

había sido así y sus defensas emocionales estaban de nuevo en su sitio.

Lo había deseado y lo seguía deseando, ya no tenía reparos en reconocérselo a sí misma, pero era porque quería tener un hijo suyo.

¡Todo tenía sentido!

¿Dónde había leído que las mujeres reaccionaban por instinto cuando se trataba de buscar padre para sus criaturas y elegían al mejor candidato?

Era obvio que su cuerpo había reconocido en Xavier al semental ideal y que su cerebro había dado el visto bueno.

Por eso, evidentemente, tanto su cuerpo como su mente la bombardeaban con mensajes, deseos e imágenes de Xavier.

¡Su instinto materno estaba desatado!

—Xavier ha llamado para decir que se va a quedar en el oasis otra semana —suspiró *madame* Flavel cuando se sentaron a la mesa para cenar—. Te debes de aburrir mucho, *chérie*. No haces más que trabajar y estar conmigo.

—Por supuesto que no —contestó Mariella.

—¿No? ¿Y no echas de menos a la pequeña?

—Sí, la echó mucho de menos —admitió.

—¿Y por qué no te planteas tener hijos? Yo siento mucho no haberlos podido tener, ¿sabes? En ese sentido, envidiaba mucho a mi hermana. No entiendo cómo personas como Xavier y como tú que, evidentemente, seríais unos padres fantásticos estáis tan decididos a no casaros.

Mariella la miró y asintió.

—Has estado trabajando sin parar. ¿No crees que te vendrían bien unos días de descanso?

Mariella sabía que Cecille tenía razón, ya que el friso estaba prácticamente terminado.

¿Debería tomarse unas vacaciones? ¿Para qué? ¿Para echar más de menos todavía a Fleur? ¿Para tener más tiempo para desear tener un hijo y pasarse todo el día pensando en Xavier y en que ojalá no hubiera parado?

¡Si hubiera insistido un poco más, si lo hubiera persuadido y seducido, tal vez ahora ya estuviera embarazada!

Después de cenar, *madame* Flavel se retiró a sus habitaciones y Mariella se fue a dar una vuelta por el jardín y a pensar.

Si Xavier estuviera allí, podría ir a hablar con él.

¿Ah, sí? ¿Para qué? ¿Qué le iba a decir? ¿Le iba a pedir que se acostara con ella para darle un hijo?

Sí, ¿por qué no? No le pareció mala idea, seguro que él estaría de acuerdo.

¿Por qué iba a tener que pedírselo? Ella era una mujer y él un hombre, ¿verdad? Además, ya le había demostrado que la deseaba…

Pero no estaba. Estaba en el oasis.

El oasis… Mariella cerró los ojos y recordó lo que había sucedido entre ellos allí aquella noche en la que, creyéndola Tanya, había estado a punto de hacerla suya.

¡Todo su cuerpo lo deseaba! ¡No podía dejar de pensar en acostarse con él para ver cumplido su sueño de ser madre!

Irritada, Mariella tiró al suelo los bocetos que había dibujado. Todos eran bebés y todos tenían los rasgos de Xavier.

Apenas había dormido aquella noche y, cuando lo había conseguido, la habían asaltado sueños increíblemente eróticos que la habían hecho gritar su nombre.

Incluso dormida, su subconsciente le hablaba de él.

Lo único que le impedía ir a buscarlo era… ¿Qué? ¿Miedo? ¿Timidez?

Pero, por otra parte, ¿qué quería? ¿Mirar atrás dentro de unos años y arrepentirse de no haber aprovechado la oportunidad?

¡No era nada ilegal!

No tenía intención de pedirle nada jamás. Al contrario, quería criar a su hijo sola. De él, solo necesitaba un espermatozoide. Lo único que tenía que hacer era…

¡Lo único que tenía que hacer era conseguir ser irresistible para él!

¡Mientras estuviera en el oasis estaría a su merced y, además, era el momento del mes perfecto pues era fértil!

Un plan estaba empezando a tomar forma en su cabeza y lo primero que tenía que hacer era ir de compras.

Recordó de otras visitas a la ciudad una tienda que tenía exactamente lo que necesitaba.

Mariella estudió el caftán de seda que le estaba mostrando la dependienta. Se trataba de una prenda delicada rematada en hilo de plata en el cuello y en los puños.

Era turquesa y se llevaba encima de unos pantalones especiales que la empleada le mostró también.

Era un conjunto destinado a hacer las delicias de cualquier hombre en la intimidad. La tela era tan delicada que se transparentaba a la altura del pecho, lo que encantó a Mariella pues se le antojó muy provocativo.

Además, los pantalones tenían un encaje en forma de uve en la parte delantera que no podía pasar desapercibido a nadie ya que su función era atraer la función del amante.

—Y luego, por supuesto, le queda esto —dijo la dependienta mostrándole un trozo de tela lleno de lentejuelas y explicándole como se sujetaba con cinta adhesiva en el ombligo.

—Eh… No… Yo había pensado en algo más europeo.

—Muy bien. Mi prima tiene una tienda aquí cerca y tiene lencería francesa.

Mariella se dio cuenta de que la chica la miraba divertida ante su timidez, pero no estaba dispuesta a gastarse una fortuna en un conjunto que le iba a costar un tremendo esfuerzo lucir.

Mientras caminaba hacía la tienda que le habían indicado, pensó que al fin y al cabo el conjunto que se había comprado era mucho más sensual que la ropa occidental y había que hacer lo que fuera para seducir a Xavier.

Cuando llegó a casa, estaba agotada. Se había comprado un perfume especialmente diseñado para ella y una loción corporal que le aseguraba una piel suave como la de un melocotón.

También había cedido a la tentación de comprarse ropa interior nueva en la tienda de lencería francesa que le habían recomendado. Había adquirido unas braguitas elegantes y femeninas con las que no se encontraba incómoda en absoluto.

No eran tan provocativas como las que llevaban las mujeres árabes bajo el caftán, pero se las podía poner con vaqueros.

No tardó mucho en hacer las maletas y, cuando las tuvo terminadas, le entregó una nota a Hera para que se la diera a *madame* Flavel cuando se despertara de la siesta.

Para entonces, debería estar ya en el oasis. No quería que la mujer se preocupara, así que le decía la verdad de dónde estaba, pero no sus intenciones, por su puesto.

Habló con la agencia de alquiler de todoterrenos y se fue para allá en un taxi.

Aquella vez tuvo la precaución de escuchar antes de partir el parte meteorológico. Por suerte, no había tormentas de arena previstas.

Se montó en el coche, tomó aire y lo puso en marcha.

Xavier apartó el ordenador y se puso en pie.

Se había ido al oasis para poner distancia entre Mariella y él y lo único que había conseguido era pasarse los días pensando en ella.

¿Solo pensando?

La tribu estaba acampando en aquellos momentos a unos cincuenta kilómetros y en un impulso repentino decidió ir a verlos. Normalmente, le gustaba la soledad, pero en aquella ocasión no se encontraba a gusto.

Allí donde miraba en el oasis, veía a Mariella. Aunque eran diferentes culturalmente, tenían mucho en común y Xavier sabía que aquella mujer, al igual que él, no entregaba su cuerpo ni su corazón fácilmente. También sabía que, una vez entregado, sería para siempre.

¿Le estaría pasando a ella lo mismo que a él? ¿Recordaría las dos ocasiones en las que habían estado a punto de hacer el amor con tanta añoranza y deseo como él? De ser así, ¿podría amarlo tanto como para aceptar su responsabilidad hacia la tribu, entenderla y compartirla para toda la vida?

No sabía si se iba a atrever a confesarle lo que sentía por ella. ¿La amaba? ¿Podría vivir consigo mismo si, como temía, su amor por Mariella era más fuerte que su sentido de la responsabilidad hacia su pueblo?

Apartó el ordenador y se fue a buscar las llaves del coche.

Mariella no recordaba haber estado nunca tan nerviosa.

A lo lejos, ya veía la jaima. Sintió que el corazón se le aceleraba y que le latía con tanta fuerza, que parecía que se le iba a salir del pecho.

¿Y si Xavier se negaba a acostarse con ella? ¿Qué pasaría si la rechazara? ¿Y si…?

Por un momento, sintió la tentación de dar media vuelta y volver a la ciudad. Se apresuró a recordar el episodio en el jardín de la mansión y las palabras de Xavier. La había deseado entonces, como había confesado, y la volvería a desear ahora.

Se había imaginado que, cuando oyera el coche, saldría a ver quién llegaba, pero no fue así. Mariella aparcó, salió del coche y sacó sus cosas del maletero.

«Tendría que haber venido de noche», pensó. «Menuda seductora estoy hecha».

Tomó aire y se quedó mirando la jaima. Con decisión, avanzó hacia el destino que ella misma había elegido.

Cinco minutos después, estaba mirando el oasis y asimilando lo obvio.

¡Xavier no estaba!

¡Ni rastro de Xavier, nada de seducción y adiós al bebé!

Se sentía la persona más frustrada del mundo. ¿Dónde estaría? ¿Habría vuelto a la ciudad a pesar de que le había dicho a su tía abuela que se iba a quedar en el oasis?

¡Qué irónico sería que, al haber ido allí a buscarlo, se hubiera negado a sí misma la oportunidad de conseguir lo que más deseaba de él!

Entonces, se dio cuenta de que el ordenador estaba sobre la mesa. Indudablemente, Xavier no lo habría dejado allí si hubiera vuelto a la ciudad, así que, ¿dónde estaba?

El sol era ya una bola de fuego en el horizonte. Pronto sería de noche y Mariella no pensaba arriesgarse a hacer el trayecto de vuelta a oscuras, así que, ¿qué podía hacer?

Aguantar una noche más el deseo de su cuerpo, que se moría por él. ¡No se le había pasado por la cabeza que no fuera a estar allí!

Aquella jaima estaba impregnada de él. Acarició la silla de cuero en la que trabajaba. Parecía que el aire oliera a él y que el ambiente hubiera guardado ecos de su voz. Mariella cerró los ojos y le pareció que estaba allí.

Pero no era así, no estaba, y ella se moría por verlo y seducirlo.

No había comido mucho, pero no tenía hambre. Aun así, fue a la cocina porque tenía sed. Mientras bebía se dio cuenta de que tenía arena por todo el cuerpo.

«¡Menuda seductora!», volvió a pensar.

Estaba cansada y se le cerraban los ojos. Además, se sentía vacía y frustrada. Salió de la cocina con la intención de ir al salón, pero sus pasos la guiaron al dormitorio.

Se estremeció al ver la cama en la que habían estado a punto de poseerse el uno al otro. El deseo se apoderó entonces de su cuerpo. Se dijo que era su fortísimo instinto materno el que hacía que se pusiera así. Era normal que reaccionara así ante la idea de acoplarse con el mejor macho disponible.

Pensar en Xavier hacía que se derritiera. Necesitaba verlo y besarlo, deslizar su lengua por su cuello y acariciar sus fuertes músculos, sus brazos, su espalda, juguetear con el vello de su pecho y bajar hasta…

¡Lo que necesitaba era una ducha fría!

—Buen viaje, Ashar —sonrió Xavier abrazando al miembro más anciano de la tribu mientras los demás desmontaban el campamento.

—Podrías venir con nosotros

—Esta vez, no.

El grupo iba a viajar de noche para aprovechar las horas de menos calor para cruzar el desierto.

Ashar lo miraba con sus grandes ojos marrones. Aquel hombre, que tanto se parecía a su abuelo y a su padre, lo admiraba y lo quería con amor paterno de hecho.

—Algo te preocupa —sentenció—. ¿Una mujer? A la tribu le encantaría que te casaras y tuvieras hijos que pudieran seguir tus pasos, como seguiste tú los de tus antepasados.

—Ojalá las cosas fueran así de fáciles —contestó Xavier haciendo una mueca.

–¿Por qué no lo iban a ser? ¿Temes, quizás, que esa mujer no respete nuestras tradiciones y te veas obligado a dividir tus lealtades? Si es así, no es la mujer que necesitas, por supuesto, pero te conozco bien y sé que jamás elegirías a una esposa así. Tienes que aprender a confiar en esto –le aconsejó tocándose el corazón– y no solo en lo que hay ahí dentro –añadió tocándose la cabeza y haciéndolo sonreír.

¡Ashar no se podía imaginar cómo se estaba dejando llevar por sus sentimientos en aquella ocasión!

Esperó a que la caravana hubiera partido antes de montarse en su coche y volver al oasis.

La luna iluminaba la noche y las estrellas brillaban con fuerza. Parecían brillantes sobre un fondo de terciopelo. A Xavier siempre le había fascinado el desierto de noche ya que era cuando más cercano se sentía a sus raíces.

Sus antepasados habían viajado por aquellas dunas durante generaciones y él debía asegurar a sus descendientes la posibilidad de poder seguir haciéndolo. Eso no se conseguía desde una oficina o desde los lujosos lugares desde los que, sin duda, Khalid elegiría hacerlo.

No, la única forma de conseguir mantener su forma de vida tradicional era involucrándose en ella.

No debía olvidarlo nunca, pero tampoco podía negarse a sí mismo lo que sentía por Mariella. Al principio, la intensidad de su amor por ella lo había sorprendido, pero ya había asumido que no podía cambiarlo.

Al llegar al oasis, vio un coche, se bajó y se quedó mirándolo. No le gustaba recibir visitas allí y, desde luego, no había invitado a nadie. ¡No estaba de humor! ¿Quién sería?

Con el ceño fruncido, se dirigió a la jaima y entró sin encender las luces. La conocía de memoria, así que no necesitaba luz para llegar hasta su dormitorio.

Mariella estaba profundamente dormida en mitad de su cama. Estaba acurrucada como una niña pequeña y llevaba puesta su bata blanca. Había encendido una pequeña lámpara y el haz de luz le iluminaba la cara.

Xavier la observó desde la puerta y la deseó al instante. Apretó los puños y sintió que el corazón le latía aceleradamente.

¡Sabía que, si tuviera dos dedos de frente, lo que debía hacer era despertarla, montarla en el coche y llevarla de vuelta a la ciudad!

Sin embargo, cerró la cortina, se acercó a ella y se quedó mirándola.

Mariella se despertó instintivamente y abrió los ojos despacio.

–¡Xavier! –exclamó sintiendo un gran alivio.

–¿Qué haces aquí? –le preguntó él secamente.

–Estaba esperándote –contestó Mariella incorporándose– para decirte que te deseo y que espero que tú me desees con la misma intensidad.

Xavier la miró anonadado y Mariella se dio cuenta de que lo había pillado con la guardia bajada.

–¿Y has venido hasta aquí para decirme eso?

Aunque intentaba mostrarse frío y distante, Mariella lo había visto apretar los dientes y se dijo que debía seguir intentándolo.

–Para decírtelo y para demostrártelo –contestó levantándose y dejando caer la bata al suelo.

Nunca se había sentido tan orgullosa de su desnudez y de su feminidad, que le daba un fuerte sentimiento de poder. Sabía que Xavier la deseaba, pero no quería dejarse llevar.

Estaba frente al él y no se había movido. Por un instante, pensó en abandonar, pero entonces vio que apretaba los puños. Obviamente, estaba intentando frenarse por todos los medios.

Sin pensarlo dos veces, se puso de puntillas y la acarició la cara. Jamás habría actuado así por ella, para satisfacer su deseo sexual, pero no lo estaba haciendo por eso, sino para dar vida a un nuevo ser.

Lo miró a los ojos y, muy lentamente, deslizó la mirada hasta sus labios. En silencio, sintió que el deseo lo atenazaba.

Lo besó con delicadeza. Aunque Xavier no respondía a sus estímulos, no pensaba abandonar. Estaba disfrutando muchísimo explorando el contorno de su boca. Inmediatamente, sus sentidos tomaron las riendas y atrás quedaron los movimientos calculados.

¡Xavier no podía aguantar más! Quería que parara, pero Mariella no parecía dispuesta en absoluto a hacerlo. No paraba de besarlo y de mostrarle lo mucho que lo deseaba.

No pudo controlarse por más tiempo, la agarró de los brazos y sus bocas se encontraron en un choque brutal.

Mariella se rindió a la embestida de su lengua y se regocijó en su victoria.

—No me puedo creer que hayas hecho esto —murmuró Xavier.

—Tenía que hacerlo —contestó ella—. No podía más, Xavier, quería estar contigo… así… como una mujer.

La estaba mirando fijamente a la vez que alargaba la mano para acariciarle la cara. Mariella le tomó la muñeca, le giró la mano y comenzó a lamerle los dedos.

Lo vio sonrojarse y respirar con dificultad.

—Quiero verte, Xavier —susurró—. Quiero tocarte… quiero que me lleves a la cama y me des placer —añadió poniéndole la mano sobre su pecho turgente—. Por favor, por favor… Ahora…

—Esto es una locura. Lo sabes, ¿verdad? Tú no eres tu hermana, tú no… No tengo… No estoy preparado —dijo Xavier con voz ronca por el deseo mientras le besaba el hombro y la apretaba contra su cuerpo.

—No debes preocuparte por nada —le aseguró Mariella.

Estaba mareada de deseo, pero se dijo que era solo por lo mucho que anhelaba tener un hijo. Ese era su único objetivo si bien era cierto que se moría por tocarlo y por que Xavier la tocara, dejar que la acariciara el cuerpo entero y deleitarse en ello.

¿Para qué? ¿Para que su hijo absorbiera el único recuerdo de su padre que iba a tener? Aquel razonamiento la preocupó, pero se apresuró a tranquilizarse convenciéndose de que su hijo no iba a necesitar en ningún momento un padre. Solo para darle vida, pero nunca más.

Xavier sabía que lo que estaba haciendo era peligroso, pero no podía resistirse a los encantos de Mariella. Llevaba demasiado tiempo deseándola y pensando en ella como para negarse el placer de hacerla suya.

También sabía que, una vez se hubiera acostado con ella, no querría dejarla partir. ¿Estaría dispuesta Mariella a compartir su vida con él?

Lo estaba besando con pasión y Xavier se sentía embriagado con aquella erótica demostración de sus dotes seductoras.

La tomó en brazos haciéndola suspirar y se besaron con fruición. Mariella ahogó un grito de placer cuando, por fin, sintió la lengua de Xavier en sus pechos. Lo había conseguido. Estaba jugueteando con sus pezones erectos, la estaba volviendo loca…

Incapaz de controlarse, lo agarró del pelo y lo apretó contra sí. Obviamente, Xavier tenía que haberse dado cuenta de la fuerza de su deseo.

Xavier sintió que Mariella se agarraba a su ropa y murmuraba palabras de pasión. Aquello acabó con sus defensas.

La ayudó a desnudarlo rápidamente. Cuando Mariella pudo por fin admirar su desnudez, sintió un tremendo placer.

Estudió su cuerpo vibrante y se estremeció. Estaba tan concentrada mirándolo, que no se había dado cuenta de que lo estaba excitando sobremanera.

—Si quieres atormentarme adrede y probar hasta dónde aguanto, te advierto que estoy al límite —confesó—. ¿Vas a cumplir las seductoras promesas que tus ojos hacen o voy a tener que ir yo y obligarte a hacerlo? Si te tengo que obligar, te advierto que te voy a cobrar intereses.

Mariella no pudo moverse inmediatamente pues Xavier la estaba mirando con la misma intensidad que ella a él. Sintió que la excitación explotaba en el interior de su cuerpo y dio un paso hacia él.

—No te puedes imaginar cuánto me apetecía hacer esto —le dijo cuando lo tuvo tan cerca que sentía su aliento en el cuello.

—¿Ah, no? Puede que no, pero sí sé lo que me apetecía hacerlo a mí. Quiero… —se interrumpió al sentir la mano de Mariella entre las piernas.

En un abrir y cerrar de ojos, Mariella se encontró tumbada en la cama con Xavier encima.

—El que juega con fuego, se quema —le dijo—. ¿Te das cuenta de cómo me excita tocarte? —añadió deslizando la mano para acariciarla también entre las piernas.

Mariella no se había dado cuenta de lo húmeda que estaba hasta entonces. Gritó y jadeó con sus caricias mientras en su interior se libraba una lucha brutal porque sus sentimientos estaban intentando abrirse paso entre tanto sexo.

Lo abrazó con fuerza y lo besó con pasión instándolo a completar lo que habían empezado. Cuando lo sintió dentro, moviéndose y llenándola, creyó morir de placer.

Jamás había sentido nada parecido y quería más, así que lo instó a que se moviera más deprisa hasta que supo que ya no había marcha atrás, que aquella vez Xavier no iba a huir sin satisfacerla por completo.

Se movieron al mismo ritmo durante un buen rato hasta que, incapaces de aguantar tanto placer, ambos sucumbieron a la vez gritando y jadeando.

Mariella suspiró agotada y supo que había recibido de él lo que tanto ansiaba. ¿Por eso el orgasmo que había tenido había sido tan intenso y satisfactorio?

Entre los brazos de Xavier, supo que lo habían hecho, que habían concebido al niño del desierto.

Mariella abrió los ojos al oír la ducha.

—Veo que estás despierta.

Al ver a Xavier, que iba hacia ella con el pelo mojado y una toalla en la cintura, se despertó por completo.

Se inclinó sobre ella y la besó. Olía a jabón y a limpio y Mariella no pudo evitar estremecerse de deseo.

–Mmm…

Xavier la volvió a besar y le acarició el brazo para, a continuación, apartar las sábanas.

Inmediatamente, Mariella sintió un intenso deseo.

¿Por qué? Ya había tenido lo que buscaba la noche anterior. Aquello no entraba dentro de sus planes.

La toalla acababa de caer al suelo dejando al descubierto una erección que reclamaba a gritos que hicieran algo con ella.

Mariella sonrió excitada decidiendo que ella sabía exactamente qué hacer. Era obvio que la Naturaleza quería asegurarse de que había sido fecundado y, ya que la Naturaleza así lo quería, ella no era nadie para negarse a sus designios, así que se entregó con placer a ellos.

–Cuando volvamos a la ciudad, vamos a tener que hablar de unas cuantas cosas.

–Mmm –dijo Mariella saciada mientras Xavier la besaba.

Qué tentadora estaba tumbada en su cama con aquella cara de satisfacción, recapacitó Xavier. Qué fácil hubiera sido dar rienda suelta de nuevo a su deseo, pero debían considerar ciertos aspectos prácticos primero.

–Mariella, como jefe de mi tribu, siempre he

creído que no tenía las… libertades de otros hombres. Nunca podría comprometerme con una mujer que no entendiera y aceptara mis responsabilidades y deberes para con mi pueblo. No podría cambiar nunca mi forma de vida ni…

—Xavier, no hace falta que digas nada más —lo interrumpió ella sintiendo una pequeña punzada de dolor en el corazón—. ¡Jamás te pediría ni a ti ni a nadie que hiciera algo así por mí! No te apures, no hay riesgo de que malinterprete lo que ha ocurrido entre nosotros. Te aseguro que no busco ningún tipo de compromiso ni relación por tu parte.

«Solo quiero un hijo», pensó para convencerse de que así era.

—De hecho, lo último que quiero en la vida es un compromiso —dijo encogiéndose de hombros—. Los dos somos adultos, ¿no? Queríamos acostarnos y lo hemos hecho. Queríamos satisfacer una necesidad… física. Una vez saciados, no veo la necesidad de seguir juntos y mucho menos de justificar por qué ninguno de nosotros quiere una relación. De verdad, Xavier, no tengo ninguna intención de casarme contigo, exactamente igual que te pasará a ti conmigo. De hecho, no tengo intención de casarme nunca con nadie —concluyó.

—¿Cómo?

¿Por qué la estaba mirando así? ¿Por qué no parecía aliviado, como ella había esperado? La estaba observando con furia y amargura.

—¿Qué estás diciendo? —le espetó secamente—.

¡Tú no eres como tu hermana, Mariella! Tú no eres una de esas mujeres vacías y superficiales que solo piensan en sí mismas, que solo quieren hacer lo que les dé la gana cuando les dé la gana, que van de hombre en hombre y de cama en cama… que se pasan la vida… –se interrumpió y sacudió la cabeza–. ¡No, tú no eres como ella! ¡No sabes lo que dices! El sexo no…

Mariella se dio cuenta de que su enfado iba en aumento y que ella misma sentía pánico y pena, pero no estaba dispuesta a dejarse intimidar.

–No voy a discutir contigo, Xavier. Sé lo que quiero hacer con mi vida y punto.

Era cierto, ¿no? Tenía muy claro que quería un hijo, eso era lo que quería hacer con su vida.

–¿Esperas que me crea que has venido hasta aquí buscando, única y exclusivamente, sexo?

–¿Por qué no? –contestó Mariella–. En tu casa, no podía meterme en tu habitación –añadió intentando sonar como la mujer que quería hacerle creer que era, una mujer que se entregaba al sexo sin reservas ni prejuicios–. ¡Venir al oasis era perfecto!

Mariella se dio cuenta de que Xavier la estaba mirando como si quisiera que retirara aquellas palabras y se sintió incómoda.

Decidió que estaba reaccionando así por su ego masculino. Los hombres estaban muy acostumbrados a acostarse con mujeres a las que no amaban, pero no concebían que una mujer pudiera hacer lo mismo.

¡Y menos con ellos!

Le temblaron las piernas al imaginarse qué diría o haría si supiera que había ido hasta allí no por deseo sexual, sino por su necesidad de ser madre.

¡Instintivamente, supo que la reacción que estaba presenciando no sería nada para lo que podría ocurrir si se enterara algún día de la verdad!

El repentino sonido del móvil de Xavier interrumpió el horrible silencio que se había instalado entre ellos.

–Hay un problema –le dijo cortante tras colgar–. Dos jóvenes de la tribu han discutido y tengo que ir inmediatamente a solucionarlo.

–No pasa nada –contestó Mariella–. Yo me vuelvo a la ciudad.

–Este asunto no está cerrado –le advirtió–. Cuando vuelva a casa, seguiremos hablando.

Mariella no contestó. No había necesidad porque lo único que iba a conseguir era provocar una discusión.

Ya había terminado el friso, no había nada ya que la atara a Zuran, así que decidió volver a Inglaterra inmediatamente.

Capítulo 11

LLA, tienes que ir! El príncipe se ofendería mucho si no vas y, además, piensa en la cantidad de trabajos que te podrían surgir. He estado preguntando y va a estar allí lo mejor del mundo de los caballos. ¡Va a ser el gran evento del año y tú dices que no vas a ir! ¿Por qué? El príncipe está encantado con tu trabajo y lo va a mostrar a todos con orgullo. Ni que te contratara la National Gallery te daría tanta publicidad.

Mariella percibió la exasperación en la voz de su agente y tuvo que admitir que lo entendía perfectamente.

Sin embargo, Kate no sabía que tenía dos buenas razones para no volver a Zuran.

Xavier y… se miró el vientre.

Estaba embarazada de tres meses y todavía no se le notaba, pero el médico le había dicho que tanto ella como el bebé estaban estupendamente, que era normal porque era muy delgada.

—Ya verás, dentro de un par de meses me dirás que te ves muy gorda —le había dicho en tono de broma.

Todavía a veces, cuando se despertaba, tenía la impresión de que estaba soñando y le parecía imposible que estuviera embarazada.

¡Embarazada! Llevaba dentro de sí a un hijo al que ya adoraba. ¡Su hijo!

«Y el de Xavier», se recordó.

¡Pero no se iba a enterar jamás!

Lo cierto era que debía volver a Zuran pues, de no hacerlo, podría sospechar que pasaba algo raro. Su hermana, por ejemplo, se iba a enfadar mucho.

Además, así podría ver a Fleur, a quien echaba tantísimo de menos. Sin embargo, en el otro lado de la balanza estaba Xavier.

Para su sorpresa, no había parado de pensar en él desde que había vuelto a Inglaterra. Ni siquiera ver confirmadas sus sospechas de que había quedado embarazada había hecho que se olvidara de él.

De hecho, lo seguía deseando día y noche. Aquello no era lógico, no tenía que estar sucediendo, pero no podía evitarlo.

¡Aquellas sensaciones eran propias de una persona enamorada y ella no podía permitirse cometer la locura de enamorarse!

En los momentos de mayor desesperación, se había llegado a preguntar si no podría ser que se sintiera así por el niño, que de alguna manera el bebé generara aquella sensación de pérdida por el padre al nunca iba a conocer.

Estaba decidida a que su hijo no tuviera que sufrir, como ella, el rechazo de un padre. Ella se bastaba y se sobraba para darle todo el amor que necesitara.

Iba a quererlo por los dos, iba a criarlo en la seguridad de su afecto y el niño no iba a echar jamás de menos a Xavier.

Su hijo no iba a tener que escuchar a su madre, como le había pasado a ella, llorando y lamentándose por el abandono paterno ni iba a sentirse culpable de alguna manera por dicha ausencia.

—Debes ir —insistió Kate.

—Muy bien —accedió por fin viendo sonreír a su agente.

—Te quedarás en casa con nosotros, por supuesto —dijo Tanya emocionada al abrazar a Mariella—. No he traído a Fleur porque le está saliendo otro diente y ha pasado mala noche. ¡Me apetece tanto ir a la inauguración! Va a ser el acontecimiento del año, ¿sabes? Khalid me ha comprado el vestido más impresionante que te puedas imaginar. ¿Tú qué te vas a poner? Si no tienes nada, podemos ir de compras y...

—No, no, tengo un vestido —contestó Mariella agradecida a Kate, que había insistido en que se comprara algo acorde con la situación.

No había querido tener que exponerse al riesgo de que su hermana la viera en un probador, pues ella sí se daría cuenta de los cambios que se habían operado en su cuerpo.

Por supuesto, le iba a contar a Tanya que estaba embarazada, pero todavía no. Se lo diría cuando estuviera a salvo en Inglaterra. Había decidido decirle a todo el mundo, incluida su hermana, que había acudido a una clínica de inseminación artificial y que el padre de la criatura era un donante anónimo.

—¿Dónde está tu nueva casa? —le preguntó a su hermana mientras la limusina se acercaba a la ciudad.

—Un poco más allá de la de Xavier, en la costa —contestó Tanya encantada de hablar de su casa—. Estoy deseando mudarme, pero no sé cómo se va a adaptar la niña porque adora a Hera y...

—¿Pero no os habíais mudado ya? —exclamó Mariella alarmada.

—Se suponía que nos tendríamos que haber mudado ya, sí, pero todavía no están todos los muebles, así que seguimos viviendo en casa de Xavier. También está su tía abuela. Le caes muy bien, ¿sabes? No como yo...

Mariella sintió que el pánico se apoderaba de ella y le impedía hablar. No estaba preparada para aquello.

La casa apareció a lo lejos. Demasiado tarde para decir que había cambiado de parecer y que prefería hospedarse en un hotel. Ya estaba enfilando el camino de entrada.

—Ali se ocupará del equipaje —dijo Tanya bajando del coche.

«¿Por qué no estoy nerviosa?», se preguntó.

¿Qué había sido de la agitación que suponía que tendría que estar sintiendo? Nada más poner un pie en el suelo, la embargó un sentimiento de bienestar y de familiaridad como... ¿como si hubiera llegado a su hogar?

—Vamos a ir a ver a la tía Cecille —dijo Tanya—. Si no vamos a verla nada más llegar, me lo echará en cara. Si incluso ha dicho en la cocina que te preparen unas pastas.

Lo último que Mariella quería en aquellos momentos era oír lo mucho que la querían en aquella casa. La familia de Xavier se había portado de maravilla con ella, que nunca había tenido una familia propiamente dicha y que era una de las cosas que más echaba de menos en la vida.

De repente, se encontró imaginándose cómo sería la infancia de un niño en una casa con tanta gente para jugar.

—Ella, no sabes cuánto me alegro de que estés aquí —dijo Tanya—. ¡Cuánto te he echado de menos! Te vas a alojar en la misma habitación que la otra vez. Nosotros estamos en los aposentos de Xavier porque Khalid se negó a vivir como antes, hombres por un lado y mujeres por el otro. ¡Menos mal! Todas esas tradiciones, ¿sabes? Como la de vivir en el desierto. No sé cómo Xavier lo puede soportar. Tanta arena, tanto calor y los camellos... Menos mal que Khalid opina lo mismo que yo. Ninguno entendemos por qué Xavier deja que su vida se vea dominada por unas cuantas promesas que hizo su abuelo. Si Khalid fuera el jefe, las cosas serían muy diferentes.

—Menos mal que no lo es —contestó Mariella sin poder evitarlo—. Xavier es el valedor de antiguas tradiciones que, de otra manera, se perderían. Tanya, entiende que, si no fuera por su empeño, toda una civilización se encontraría sin raíces –añadió al ver la cara de estupefacción de su hermana.

–¿Y qué? Vivir en el desierto es un horror. Me da igual que sea una tradición milenaria. ¡Yo no pienso hacerlo! ¿Te imaginas a una mujer viviendo así? ¿Tú podrías?

–De manera permanente, no –contestó Mariella–, pero para apoyar al hombre al que quiero y compartir con él algo que es realmente importante en su vida, sí –añadió sin dudarlo.

¿Para qué molestarse en explicarle a su hermana que creía firmemente que volver a vivir de forma más sencilla a como se vivía no solo era positivo sino más que deseable? Tanya no lo entendería.

–¿De verdad? Estás loca, como Xavier. Al final, la tía Cecille va a tener razón. Xavier y tú sois tal para cual.

A Mariella no le dio tiempo de preguntar cómo era que habían hablado de ellos dos porque ya habían llegado al salón.

–¡Mariella, qué maravilla volver a verte! –exclamó *madame* Flavel nada más verla.

Media hora más tarde, con Fleur en brazos, Mariella comenzó a sentirse más relajada.

Al fin y al cabo, no creía que Xavier fuera a querer verla. Tal vez, con un poco de suerte, ni siquiera apareciera muy a menudo.

—¡Hola, Xavier! —saludó en ese momento su tía abuela.

¡Xavier! Mariella se giró temblando de pies a cabeza. No debería estar sintiendo un inmenso deseo de besarlo, pero no podía evitarlo.

Ya no lo veía como una figura lejana sino como a un hombre… ¡Su hombre!

No era posible. ¿Qué sentía, entonces, por él?

—Justo le estaba diciendo a mi hermana lo mucho que os parecéis —comentó Tanya.

—¿Ah, sí? —contestó él mirándola con intensidad.

—Sí, en cómo veis la vida —le aseguró Tanya—. Ella, deberías tener hijos. Eres una madraza —añadió viéndola con Fleur.

—Estoy completamente de acuerdo —apuntó Cecille.

Mariella sintió que se ruborizaba de pies a cabeza, sobre todo por cómo la estaba mirando Xavier. Al darse cuenta de que, en seis meses, tendría a su hijo en brazos como ahora tenía a Fleur, casi se le saltaron las lágrimas.

¿Qué le ocurría?

¡Reaccionaba como si fuera una mujer enamorada!

Pero no lo era. Jamás dejaría que aquello sucediera.

Xavier observó a Mariella y se dijo que no debía sentir nada por ella. Al darse cuenta de que sus sentimientos por ella no eran correspondidos, había creído que dejaría de amarla, pero no había sido así.

Mariella sintió náuseas y se asustó. Sabía que no eran por el embarazo sino por las emociones que estaba experimentando, que iban del nerviosismo al pánico.

–Ella –saludó Khalid –. ¡Cómo me alegro de que estés aquí! Tu hermana no quiere que te vayas, ¿sabes? ¿Te ha contado ya que quiere convencerte para que vengas a vivir a Zuran?

¿Irse a vivir allí? Mariella palideció.

Xavier frunció el ceño. Estaba tan blanca, que parecía que se fuera a desmayar.

–Khalid, ve por agua –le indicó a su primo acercándose a Mariella y tomando a Fleur en brazos.

Cuando la mano de Xavier rozó su brazo, Mariella sintió que el hijo que llevaba dentro se estremecía y quería más, exactamente igual que ella, que se moría por sus caricias y por su amor.

Xavier la hizo sentarse y le dio un vaso de agua.

–No me pasa nada. Estoy bien –les aseguró nerviosa.

¡Lo último que quería era que sospecharan que no estaba bien y que llamaran a un médico!

–Ella, estás muy pálida –le contestó Tanya.

–Es porque estoy un poco cansada, pero no pasa nada –insistió Mariella.

–Te sentirás mejor después de haber comido algo. Esta noche vamos a cenar todos juntos.

–No –dijo Mariella porque no se fiaba de sí

misma si tenía que pasar más tiempo con Xavier–. Perdona, Tanya, pero estoy muy cansada por el viaje, ¿sabes?

–No pasa nada, *petite*, lo entendemos –intervino Cecille acudiendo en su ayuda–. ¿Verdad, Xavier?

–Perfectamente –contestó él.

Mariella abrió los ojos de repente. El corazón le latía aceleradamente. Había estado soñando con Xavier.

Miró el reloj y vio que solo eran las diez. Los demás debían de estar todavía cenando. Tenía tan seca la garganta, que le dolía.

Se levantó de la cama y se acercó a la ventana, desde la que observó el jardín a oscuras. Al ver la piscina, recordó a Xavier masajeándole los hombros. ¡Cómo lo había deseado!

«Sí, pero por el niño, no porque lo quisiera», se apresuró a asegurarse a sí misma.

Sintió que se le nublaba la vista. Lo que tenía ante sí, a lo que tenía que enfrentarse, no se arreglaba llorando.

¿Cómo había sido tan estúpida? Al fin y al cabo, era digna hija de su madre y había cometido el mismo error. ¿Cómo había imaginado que podía entregarse a un hombre como se había entregado a Xavier, con total pasión, sin estar enamorada de él?

Quería tener un hijo, sí, pero el hijo de Xavier.

¿Cómo había podido actuar de manera tan egoísta? No solo no le había preguntado a Xavier si quería ser padre sino que, además, había condenado a su hijo a vivir como ella sin un padre que lo quisiera.

—Perdóname —lloró amargamente tocándose el vientre.

Hasta las doce no pudo meterse en la cama y cuando lo hizo fue para dar vueltas, dormir mal y tener terribles pesadillas dictadas por la culpa y la angustia.

—¿Qué te parece? ¿Cómo estoy? —le preguntó Tanya emocionada dando vueltas con su nuevo vestido.

—Estás preciosa —contestó Mariella sinceramente.

—Tú también —dijo Tanya.

Mariella forzó una sonrisa.

Solo faltaba media hora para que empezara la ceremonia de inauguración de las cuadras del príncipe y habría dado cualquier cosa por no tener que ir.

Los últimos tres días habían sido una auténtica tortura. Darse cuenta de que estaba enamorada de Xavier había sido un gran golpe, pero, para colmo, tenía que verlo todos los días y, cada vez que lo miraba, se sentía tremendamente culpable.

Apenas comía y lo único que quería era tomar el avión y volver a su casa.

Estaba tan nerviosa, que ni siquiera le importaba lo que los invitados fueran a pensar de su trabajo, algo que, en otras circunstancias, le habría parecido de vital importancia.

—Vamos, nos tenemos que ir —le indicó Tanya.

Mariella se levantó y la siguió fuera, donde las esperaban Khalid y Xavier junto al coche.

El viento cálido del desierto hizo que el vestido del seda se le pegara al cuerpo y Mariella se apresuró nerviosa a despegárselo.

Menos mal que Xavier eligió ir delante en el coche junto a Ali.

—Estás muy nerviosa, ¿verdad? —dijo su hermana—. No has comido nada desde que has llegado y estás muy pálida.

—Tanya tiene razón —apuntó Xavier abriéndole la puerta al llegar a su destino—. Estás muy pálida.

La había tomado del brazo y Mariella se dio cuenta de que Xavier debía de haber estado esperando el momento para demostrarle su enfado con ella.

—¿Qué te pasa, Mariella? ¿No quieres comer? Tal vez sea porque no tienes hambre de comida sino de otra cosa, ¿verdad? ¿No será que lo que quieres es sexo? —le espetó.

—No —contestó ella intentando apartarse.

Xavier no se lo permitió.

—¿Ah, no? ¿Entonces por qué tiemblas como una hoja? ¿Por qué me devoras con la mirada cuando te crees que no te veo?

–Yo no… Eso no es cierto –negó ruborizándose.

–No mientas y no lo niegues. A menos que quieras que te demuestre que tengo razón. ¿Es eso lo que buscas, Mariella?

–¡Para! Déjame en paz –le suplicó.

–He hablado hoy con tu agente y me ha dicho que estaba segura de que te ibas a mostrar encantada cuando te enteraras de que te quiero contratar para un proyecto muy especial. Kate se mostró muy sorprendida cuando le dije lo que estoy dispuesto a pagar por tus… servicios.

–Xavier, por favor –le dijo viendo su mirada triunfal.

–¿Por favor?

–Xavier, Mariella, vamos –dijo Tanya.

–Ya vamos –contestó Xavier guiándola hacia la fiesta.

–Desde luego, tu friso ha sido todo un éxito –sonrió Khalid–. Todo el mundo habla de él. La verdad es que es precioso.

Mariella intentó mostrarse entusiasmada, pero le estaba costando mucho.

–Mariella, no sabes lo contento que estoy con la acogida que tu obra ha tenido entre los presentes –la congratuló el príncipe acercándose a ellos con Xavier–. El jeque me acaba de comentar que te ha contratado para plasmar el día a día de su tribu. ¡Me parece una idea magnífica!

Mariella sintió que las náuseas que no había

parado de sentir desde su llegada se le multiplicaban por cien.

¡Así que era eso a lo que se había referido Xavier!

El príncipe se fue y Mariella se despidió de él
con una inclinación de cabeza. Cuando la levantó, buscó a Xavier con la mirada para crucificar-
lo, pero el movimiento fue demasiado brusco
para su delicado cuerpo y se mareó.

–Mariella, ¿qué te pasa? –le preguntó su hermana–. Ya estás pálida otra vez. Desde luego,
cualquiera diría que estás embarazada –rio Tanya.

Xavier se quedó mirándola con el ceño fruncido.

–Tu hermana no se encuentra bien, así que la
voy a llevar a casa –le dijo a Tanya.

–No –protestó Mariella.

Pero Khalid y Tanya se fueron al bufé de comida y ella se encontró saliendo de la fiesta del
brazo de Xavier.

En el coche, en presencia de Ali, no hablaron
y al llegar a casa Xavier no la dejó refugiarse en
su habitación, sino que la condujo a sus aposentos.

–No puedes hacer esto. Recuerda que soy una
mujer soltera y…

–¡Y embarazada de mi hijo! –la interrumpió
haciéndola entrar.

Mariella se dio cuenta de que estaba temblando.

–Xavier, estoy cansada.

—¿Por qué no me lo has dicho? ¿Qué querías, perderlo antes de que yo me enterara? ¿Por eso no comes?

—¡No! —negó Mariella horrorizada—. ¿Cómo te atreves? Jamás haría algo así —añadió llorando—. Deseaba tener un hijo con toda mi alma.

—¿Cómo? Repite eso.

—¿Qué?

—No juegues conmigo, Mariella. Acabas de decir que querías quedarte embarazada. Lo has dicho en pasado, no en presente. Eso quiere decir que me mentiste. No solo buscabas sexo, ¿verdad?

Derrotada, Mariella se sentó en una butaca.

—¿No dices nada? ¿Ni siquiera te vas a molestar en negarlo, en decirme que fue un accidente?

Mariella se mordió el labio. ¡No debía seguir mintiendo!

—No tienes de qué preocuparte —dijo con voz trémula—. No te voy a pedir nada jamás. Me voy a ocupar yo del niño —le aseguró.

—¡Es mi hijo también!

—¡No! ¡Será solo mío! No tiene nada que ver contigo.

—No me lo puedo creer. ¿Cómo que no tiene nada que ver conmigo? —explotó Xavier furioso—. Voy a dar órdenes para que preparen todo lo necesario para poder casarnos cuanto antes.

—¡No! —contestó Mariella presa del pánico—. No me voy a casar contigo, Xavier. Ni ahora ni nunca. Cuando mi madre se casó con mi padre, creyó que era para siempre, que él la amaba y que podía confiar en él, pero no fue así. Nos abandonó porque no me quería, porque no quería ser padre –le contó con inmenso dolor.

–Yo no soy tu padre, Mariella –contestó Xavier–. En Zuran, los derechos del padre priman sobre los de la madre, así que podría hacerlos valer y no dejarte salir del país con mi hijo.

–¿Por qué? ¿Por qué haces esto? Tu tía me dijo que no querías casarte ni tener hijos.

–Cierto, pero eso era porque no creía que jamás fuera a encontrar a una mujer capaz de quererme con pasión, una mujer que entendiera el deber que tengo hacia mi pueblo, no creía que existiera una mujer…

–Yo no soy esa mujer, Xavier. ¿Te quieres casar conmigo solo porque estoy embarazada de ti? No pienso casarme contigo por el niño –le aseguró llorando desconsoladamente.

–Mariella –dijo Xavier acercándose a ella y abrazándola–. No llores, no puedo soportarlo, como tampoco puedo soportar la idea de perder a la mujer que más quiero en el mundo y a nuestro hijo. Obviamente, tampoco podría retenerte contra tu voluntad, pero quiero que sepas que cuando viniste a buscarme al desierto fue como si me hubieras leído el pensamiento, pues me moría por estar contigo. Quería decirte lo que sentía por ti, pero sabía tu historia y quería que, primero, confiaras en mí antes de decirte que te quería y que eras la mujer de mi vida. Estaba convencido de que eras la mujer perfecta para ayudarme a llevar a cabo mi labor, pero, tal y como me dejaste claro, tú no me correspondías, no me querías... Y ahora me entero de que ni siquiera me deseabas de verdad. Solo querías acostarte conmigo para tener un hijo. Os necesito a los dos a mi lado más de lo que te puedas imaginar, pero no pienso obligarte a quedarte si no es eso lo que quieres. Vuelve a Inglaterra cuando quieras, pero te pido que me dejes formar parte de la vida de mi hijo. Déjame verlo por lo menos una vez al año, por favor. Si lo prefieres, iré yo allí y...

Mariella no daba crédito a lo que estaba oyendo. Xavier no solo la deseaba, sino que la quería. ¡La quería tanto, que estaba dispuesto a casarse con ella!

Sintió que una enorme felicidad se abría paso entre la tristeza.

—No sabía que me quisieras —susurró mirándolo a los ojos.

—Ahora, ya lo sabes.

Mariella le tomó la mano y se la colocó en el vientre para que sintiera la vida de su hijo. Inmediatamente, supo que Xavier jamás haría lo que había hecho su padre. Cuánto sufrimiento por haber creído que todos los hombres eran como él.

Se sintió más libre que nunca, se había librado de aquella pesada carga que había llevado durante toda su vida y Xavier le había dado aquella libertad.

—Te he mentido —confesó tomando aire—. No fue solo sexo. Me intenté convencer a mí misma de ello porque tenía miedo, pero... te quiero —susurró.

–¿Me quieres? –exclamó Xavier–. ¿Confías en mí, Mariella? ¿Me crees cuando te digo que jamás te fallaré? ¿Me crees cuando te digo que nuestros hijos y tú podréis contar siempre con mi amor y mi desvelo?

–Sí –contestó Mariella mirándolo a los ojos.

Nada más oír su afirmación, Xavier la besó con un amor infinito.

–Xavier, que los otros deben de estar a punto de volver –protestó Mariella.

–¿Quieres que pare?

–Mmm… no –suspiró Mariella.

Epílogo

QUÉ te parece tu regalo de aniversario? –le preguntó Mariella a Xavier observándolo expectante.

Llevaba preparando aquel regalo muchos meses y realmente quería que le gustara.

–Sabía que estabas haciendo algo –contestó Xavier emocionado–, pero…

–¿Te gusta, entonces?

–¿Gustarme? Me encanta, Mariella –exclamó Xavier tomándola entre sus brazos y observando los cuadros de su tribu.

Mariella se había despertado pronto aquella mañana y los había distribuido por el salón para darle una sorpresa.

–Yo también tengo un regalo para ti.

–Bueno, yo todavía no he terminado…

–¿Ah, no? ¿Hay más?

–Sí –contestó Mariella mirándose el vientre.

–¿Pero no habíamos dicho que íbamos a esperar?

–Sí –rio Mariella–, pero como la noche de tu cumpleaños no pudiste controlarte…

–Qué maravilla, amor mío. No podría ser más

feliz con mis regalos —dijo Xavier besándola emocionado.

—Hablando de regalos, ¿dónde está el mío? —sonrió Mariella.

—Ven —contestó Xavier tomando a su hijo en brazos—. Cierra los ojos y agárrate a mí —le indicó conduciéndola al jardín.

Mariella aspiró al aroma de las rosas, abrió los ojos y vio el precioso jardín que Xavier había mandado hacer para ella. Se trataba de un jardín de inspiración inglesa con unas preciosas rosas de todos los colores.

Entre ellas, una brillaba con luz propia.

—Es una variedad llamada Eternidad —le dijo Xavier—. Te prometo, Mariella, que te voy a querer toda la vida y que mi amor por ti es eterno.

Mariella lo miró entre lágrimas y sonrió.

—El mío por ti también —musitó.

Bianca®...
la seducción y
fascinación del romance

No te pierdas las emociones que te brindan los títulos de Harlequin® Bianca®.

¡Pídelos ya! Y recibe un descuento especial por la orden de dos o más títulos.

HB#33547	UNA PAREJA DE TRES	$3.50 ☐
HB#33549	LA NOVIA DEL SÁBADO	$3.50 ☐
HB#33550	MENSAJE DE AMOR	$3.50 ☐
HB#33553	MÁS QUE AMANTE	$3.50 ☐
HB#33555	EN EL DÍA DE LOS ENAMORADOS	$3.50 ☐

(cantidades disponibles limitadas en algunos títulos)

CANTIDAD TOTAL $ _____

DESCUENTO: 10% PARA 2 Ó MÁS TÍTULOS $ _____

GASTOS DE CORREOS Y MANIPULACIÓN $ _____

(1$ por 1 libro, 50 centavos por cada libro adicional)

IMPUESTOS* $ _____

TOTAL A PAGAR $ _____

(Cheque o money order—rogamos no enviar dinero en efectivo)

Para hacer el pedido, rellene y envíe este impreso con su nombre, dirección y zip code junto con un cheque o money order por el importe total arriba mencionado, a nombre de Harlequin Bianca, 3010 Walden Avenue, P.O. Box 9077, Buffalo, NY 14269-9047.

Nombre: _____

Dirección: _____ Ciudad: _____

Estado: _____ Zip Code: _____

Nº de cuenta (si fuera necesario): _____

*Los residentes en Nueva York deben añadir los impuestos locales.

Harlequin Bianca®

BIANCA®

Había que asumir las sorpresas del destino...

Keir O'Connell supo que tendría que marcharse de Las Vegas cuando se dio cuenta de que se moría de deseo por Cassie, una bailarina que trabajaba en el famoso hotel de su familia. ¡Parecía que el calor del desierto de Nevada le estaba afectando al cerebro!

Así que Keir partió hacia el este y allí puso en marcha un nuevo negocio, pero los recuerdos de aquella, bailarina no lo habían abandonado por mucho que lo hubiera deseado. Y entonces Cassie volvió a aparecer en su vida. De algún modo había conseguido que la contrataran en el nuevo restaurante de Keir. Él siempre había creído que no se debía mezclar los negocios con el placer, la única opción que tenía era hacer que su empleada fuera también su amante...

LA PASIÓN ESTÁ EN JUEGO
Sandra Marton

Tras la muerte de su esposa en un terrible accidente de coche, Cal
Gentry regresó a casa a curar sus heridas y a buscar una niñera
para su hija. Por eso cuando apareció la adorable y seductora Bella,
Cal pensó que era la respuesta a sus plegarías... aunque jamás habría pensado que despertaría en él aquella pasión arrolladora. Sin
embargo, Bella había traído consigo el peligro al rancho de los
Gentry... aunque lo más peligroso seguía siendo dejarse perder en
los brazos de Cal. ¿Podría aquella pasión curar las heridas de los
dos?

Al calor abrasador de Texas...